U0017518

心 岱───著

美學、療癒、哲理的
貓物收藏誌

貓派

我與貓的凝視

人類的愛貓情懷幽古長遠，在距今一世紀之前，一八九一年《英國倫敦畫報》的第一二八頁刊出一張十六開全版彩色版畫，描繪四隻貓與一隻狗正在嬉戲，不但打翻客廳的燈座，並將女主人針線盒裡的鈕釦、珠串、線捲、老花眼鏡等當玩具。牠們不亦樂乎、悠然自得的神情，反映了平常受到嬌寵與疼愛的程度。

貓，就是有可以放肆、瘋狂的特權，因為，貓是人類的天使。這張版畫是由英國 Beecham's Pills 藥廠提供，可謂為「形象廣告」的先驅。畫面的地板上散著幾粒藥丸與印有藥廠名字的鐵盒，應是刻意置入的安排吧。這家藥廠創立於十九世紀，生產一種以「蘆薈、薑、肥皂」為成分的腸胃瀉藥，其藥效一直為人所稱讚，更有詩人作詩為它代言，這張版畫必然就是藝術家的傑作，不用人做宣

傳，反倒以遊戲的貓狗襯托出溫馨之家，處處洋溢和諧、愉悅的氛圍。該雜誌為鼓勵審美欣賞，還在版畫下註明適合裝框布置。毫無廣告嫌疑且用心良苦的體貼，真是令人無限喜歡。該藥已於一九九八年停產，但留下的這張版畫永遠傳為美談。

在百年前，貓就是英國中產階級的家庭良伴，愛貓風氣從此未曾衰退，只要以貓為主角的畫片，是當時英國社會最熱門搶手的收藏品。二十七年前，我採訪收藏「福爾摩沙航海圖」、「台灣老地圖」的葉忠訓先生，他知道我是愛貓族，立刻割捨他收藏的貓版畫相贈，不料，這珍貴的老古董卻在一次展出的運送過程中不見了。至今，想起這歷經一百二十六年出土的百歲貓，心情便感沉重。在收藏貓逸品的大半生，身邊擁有千百個愛物，每一件都是我生命的延伸、生活的拼圖，幾次的展出與搬遷都難免有破損、遺失的發生，但這也彷彿對我告示著人生的「斷捨離」，若我能以書寫呈現世人依照貓形貌創作的美學，記錄貓這神祕生物留給人間的啟示，也就無憾於得失了。

這些年，因緣際會得以專心整理收藏品，並一一回味與它們相遇的故事，是功課，也是遊戲，是我與貓的凝視，也是我與時空的對話。

CONTENTS

貓物的哲學與想像

愛不過火——小乖

陳文發／攝

出生於一九九七年，是位高齡老爺爺，但是身體依舊硬朗。牠的雙眼晶藍有神，毛色淨白如雪，原是棄貓嬰的牠歷經九死一生而決定活下來，面對生命，早已練就獨立性格，以「愛不過火」的哲學態度與人類相處。

個性沉穩、唯我獨尊的牠，有時候目中無人，有時候人來瘋，最喜歡躺在紙本書上打禪，也愛呼嚕呼嚕探尋字字句句。見多識廣的牠要以豐富的貓生歷練，引導讀者欣賞主人收藏的貓逸品，透過「貓語錄」帶出貓生與人生的生活態度與哲學，並且從「互動觀察」中表達自己的審美心情。

貓物的美學

與療癒

❖

袖珍大千

 小乖的麻吉

國籍：日本
貓齡：3 歲
品種：瓷
尺寸：貓偶 3×1.5×3 公分，
　　　陳列台 16×18×11 公分

依照貓偶身分高低的規制，由上而下排列。

每年三月三日是日本的女兒節，又稱雛祭，依照傳統，家家戶戶都會設置階梯式陳列台於客廳，將雛人、也就是人形娃娃及相關飾品拿出來擺設；人形娃娃並非供孩童遊戲的玩偶，而是身穿貴族和服、裝扮華麗、姿態典雅的真人縮小版。

　　這些人形娃娃大多來自母輩的嫁妝，代代相傳，有的歷經百年，已經成了無價的文物。但你一定沒看過「貓型娃娃」的女兒節，這些貓偶共有十五隻，應節物六件，都是瓷器燒製，不僅擬真得維妙維肖，且都是一至三公分的袖珍精品。

　　袖珍，是按比例縮小的東西，可愛之餘，往往令人有疼惜的窩心，「貓的女兒節」固然讓我開懷，卻也因此想起一段年輕往事。那是家裡的一個抽屜，在整理父親遺物的當下不經意地被打開，家人都驚呆了，裡面有墨條、硯台、印章、印盒、水滴、筆架、筆洗、裁刀等，特別的是，這些文人愛物都是等比縮小的袖珍品，每件約為三至五公分，看來是父親刻意收藏的玩物，並非真正可拿來使用。

　　父親喜愛文房四寶，舞文弄墨是他的娛樂嗜好。他生長於日治時代，因經商之故，有很多機會到唐山、東瀛出差，回程的行囊一定裝滿書畫瓷器。我是戰後嬰兒潮的一員，出生落地在飄著墨香的環境，家裡處處是這些文物的蹤影，門楣的書法大字、廳堂牆面的繪畫卷軸、案頭的大小毛筆、神桌供的骨瓷花瓶，還有餐桌上的盤碗、茶具、象

牙雕刻的麻將牌、書櫃裡的線裝書……，我熟悉的家庭布置在父親病倒後便一件件變賣了，它們預示著人去樓空的景況，最終，這一家之主被迫捨離他曾經熱愛的人世間。

意外的是，父親的遺物就剩這個上鎖抽屜，裡面沒有金銀財寶，竟都是些無用的小東小西。為何父親生前從未展示它們？是為了避免旁人的嘮叨？還是只消獨享人與玩物之間的那種靈通？

人與物之間沒有理智可言，全然是心意與情感的彼此投射，這是何其私有、又何其寂寞，唯有孤獨相待，才能有圓滿的境界，這是在我典藏貓物半世紀後的領悟。世上也許同好很多，但那份癡迷只有跟自己對話時才能參透，就如同照鏡，人與物相映成趣，相合為一。作家沈從文也喜於收藏迷你的瓶罐之類，尤其鍾愛小碗小碟與小漆盒，這些袖珍玩意讓他勾起遺忘記憶，使久遠飄忽的人事物印象立即清明起來而獲得慰藉。他曾自嘲這些小物是「壓住性靈的沙袋」，但還是樂於像獵犬一樣不斷追尋。

人與愛物並非只是占有的關係，愛物通常是一座時光隧道，讓人回返與駐足，再次與實相世界產生連結意義，而有多次人生的豐富感受。作為子女的我，在看到抽屜遺物的當下，才對父親的感情有稍許了解。壯年而亡沒有長壽的他，卻能擁有所愛、獨享一生，在我看來應該釋然而沒有遺憾了。

或許，我遺傳了父親揮灑的性格，對於愛物從未吝嗇過。離鄉背井到台北後，由於居處不穩定，無法養貓，便買個貓偶作伴，如此展開了「飄泊」與「收藏」那矛盾又相融的生活。為了節省空間、易於收納，所得之物皆選小品，也就不知不覺成了「豆物狂」。

　　我是家中么女，出生時父親已近中年，年齡南轅北轍，心性其實可相通，可惜在那個窘迫壓抑的時代，即使是一家人，也很少相互告白，更不被鼓勵於情懷的表露。那個抽屜，幽暗的角落曝了光，父親的收藏最終一樣流到古董商手上，它們化為一場空，只剩下被「小即是美」所震懾的我，這可能就是「豆物狂」的血緣吧。

　　不安時代的女作家清少納言在千年前的《枕草子》隨筆中就歌頌：「小小的東西都很美。」我也要說，袖珍所以能表現出玲瓏可愛，並非只是尺寸短小所致，而是講究原物經過縮小後，要比原物更具力道且有與原物截然不同的氣質才行。這一套「貓的女兒節」所展現的，就是這麼獨具幽默、趣味橫生。

小乖的貓語錄

貓既謹慎卻又安之若泰，牠溫文儒雅有如紳士，但瞬間也能變成粗魯暴漢。

十五隻貓偶包括天皇、皇后、女官、樂手、大臣、隨從等，各個小巧、精緻、可愛。

聖誕老貓的傳說其來有自。

聖誕老貓
到人間

 小乖的麻吉

國籍：日本
貓齡：2 歲
品種：木質
尺寸：7×2.8×6 公分

在禮品店裡，發現了這個頭戴紅帽的白貓，非常搶眼的跳到我面前，腦中立刻聯想起《世界上真的有聖誕老貓》這本書，書中特別敘述「聖誕老貓」最鍾愛的聖誕服飾，就是這頂醒目的紅帽子。

　　「有沒有人跟你說，其實貓咪也有自己的聖誕節、聖誕歌謠和過節方式？或者，當初瑪利亞生下耶穌的那一刻，同時也有一窩小貓在馬槽內出生？」這就是作者史蒂芬妮‧薩麥克要回答的問題。她根據神話與傳說，甚至考古學家的發現，追溯傳承已久的貓族過聖誕節之宗教儀式，以及世界各地習俗的演進過程，並解開古老的諸種迷思。

　　在大家耳熟能詳的童話、寓言、小說、詩作中，通常都有一隻天賦異秉的貓，具備超越人類的智慧，不僅行動敏捷，思緒更是冷靜而有條理。貓總是在作家的筆下融入現實生活，十分「人間化」。歐洲俗諺說：「鳥是鳥，狗是狗，貓卻是一個人。」詩人艾略特卻有更恰當的形容：「貓，是類人又不類人的生物。」貓的世界從古到今一直是人類想深入了解的領域，其渴望的程度不亞於人類對星際、宇宙的想像與追尋。因此，當一艘由八隻貓咪駕駛載滿禮物的聖誕雪車掠過夜空時，人們其實只有興奮歡呼而不至於起疑：「世界上真的有聖誕老貓？」

　　每年歲末，市面上貓咪唱聖誕歌曲所錄製的光碟總是相當熱賣，貓的天籟聲樂讓人對聖誕老貓到人間充滿盼望，原來貓族的聖誕傳統

其來有自，在貓的歷史上，這是第一本完整揭露聖誕節神祕面紗的書，只是，本書作者並非學術研究者的身分，一九九九年授權繁體中文版時確實引起讀者熱烈迴響，到底書名該不該加上問號，留下更多空間給讀者去想像。

除了頂戴紅帽的白貓，我還有一隻黑貓，它們都是木刻成形，加以彩繪，筆觸細膩之外，把貓的眼神、容貌、行姿與體態都雕刻得非常傳神。這些小小逸品都可供做「閱讀」品，令人愛不釋手。

小乖的貓語錄

有健康又儒雅的貓，是家庭的榮耀。

帶著歡樂氛圍降臨人間的聖誕老貓。

古國來的貓大使

不知名的贈客留下這大小一對的貓木雕作品。

 小乖的麻吉

國籍：厄瓜多爾
貓齡：25 歲
品種：木
尺寸：右 13×10×63 公分，
　　　左 10×8×51 公分

半人高的木雕貓，一大一小，送來的時候脖子還掛著吊牌，標示著產地：厄瓜多爾。我很驚訝，這是遠在南美洲的赤道之國呢，印象中只有巨龜與大蜥蜴，怎麼也有貓？

真的是貓嗎？高挑挺立的貓四腳併攏，眉眼看天，嘴巴緊閉，豎耳傾聽，完全顛覆貓的刻板形象，神祇般的莊嚴無相，卻又粗獷拙趣，不僅有印第安人的色彩，更具馬雅文明的遺傳。

厄瓜多爾曾是印加帝國的一部分，讓人不禁遙想千年時空。這個赤道環繞的國度，不僅是亞馬遜流域之地，更涵蓋距離本土一千公里的加拉巴哥群島。這個轄區即一八三五年英國博物學家查爾斯·達爾文登陸的所在，當時二十六歲的他被島上四百餘種特有生物吸引，經過一個多月的駐地考察與研究，終於發表偉大的「進化論」。對於身在東方的我們，遙遠的厄瓜多爾雖是詮釋動物、植物的極致之地，但貓是草原生物，應該不會是熱帶雨林的主要角色，但為何有人千里迢迢帶來這一雙木刻工藝品，獻給我時空之謎與不解之惑？

古國來的貓大使是一位不相識的讀者所餽贈，在我的收藏史中，這件逸品沒有緣由，更沒有故事，但是無法不凝視它們那超乎比例的貓眼所透露未知的神祕。

小乖的貓語錄

當貓對人類表現出盼望眼神，通常索求都不會落空。

素人之作

豹點貓，頭尾兩折，身體供做「信插」之用。這是老師傅以一塊木頭雕成的素人之作。

 小乖的麻吉

國籍：印尼
貓齡：28 歲
品種：木
尺寸：11×5×15 公分

我的收藏品中，以材質分類時，木頭貓可說數量最為龐大，但這並非刻意蒐集，往往是無心的收穫。

　　其中，「木刻貓」最普遍的是來自峇里島的彩繪貓。由於印尼多原始森林，木材應用廣泛，作為當地紀念物非常適合，於是素人雕刻木偶成了峇里島上最大宗的觀光財。至於為什麼多是貓造型？我想或許這個國度在古老時代有很多野貓，隨便灑的貓尿就讓咖啡樹結出特殊香味的咖啡豆。於是貓成了鄉人普遍的文化印象，再加上貓的形姿體態都富於可愛的表現，最受一般人喜愛。

　　早年我旅行至此，確實為木刻貓著迷，有的店家師傅不必看稿，現場即興雕刻、隨手彩繪，像魔術師一樣，每個木偶都獨一無二。那種氛圍非常閒散美好，是我享受該島悠閒資源的大滿足，但後來因應大量的觀光團，木刻貓只好以機器量產為主，木偶因此顯得匠氣與粗糙，已經失去收藏的價值。

　　精良的收藏品可遇不可求，往往更需要運氣與時機。還好我沒有錯過，當時在島上有用心地尋訪老師傅，後來走訪世界各地，又巧遇了不少，成為收藏品中樣式最為繁複的一類。圖中的豹點信插是由一整塊木材鑿出凹處，沒有接縫也沒有卡榫，隱身彩繪的背後有著粗糙的刀工痕跡，這是素人手藝的溫度，特別的珍貴。

小乖的貓語錄

貓是夢的起點，每個人都想擁有牠。

菖蒲花間

 小乖的麻吉

國籍：中國
貓齡：29 歲
品種：景泰藍
尺寸：13×5×9 公分

在六〇至八〇年代，台灣曾經擁有「景泰藍王國」的美譽，這種源自元朝的掐絲琺瑯手工藝，竟然興盛於板橋與萬華一帶。我在一九八三年於台北一家畫廊買到圖中這個小小的壺，這壺屬於扁型的四方體，耳很大，蓋雖小，卻可打開沖泡茶水，但無論如何重點不在實用，主要為了玩藝而誕生的吧？只有九公分高的壺身，有著歐洲風格的形制，卻混合了東方的畫面，開滿了菖蒲。在盛放的端午之花間，有一隻褐色貓冒出頭來，與菖蒲輝映的藍色眼睛正探索著這個世界。

　　按習俗會把菖蒲與艾草捆掛在屋簷下，於悶熱潮溼的五月天可驅蟲避邪。這種生長水邊的香料植物卻以貓為主體，當然吸引了我的好奇。當我買下它沒多久，新聞便引爆景泰藍製作材料有放射性的疑慮，美國因此停止這類藝品進口，輻射風波立刻重創當時的市場，台灣的美名也隨之蕭條不再。當時很多收藏品都被建議拋棄，好在之後景泰藍的輻射疑雲已獲平反，在現代化機器與工技的進步下，它已經達到安全與精美兼備的境地，我很慶幸沒有遺棄我的蒐藏。

　　沒想到這一番波折後的十年，神奇的故事出現了。我收養了一隻一九九三年出生的流浪貓，當時牠已經三歲，正在被撿拾的商家當做「廣告貓」勞役，每天生活在攝影棚的強光下，毫無自由。我贖回牠的那一天剛好是端午節，於是取名為「端午」。

　　菖蒲壺的貓一如端午貓，牠們竟然一模一樣，彷彿命運早早刻劃

了我所擁有的傳奇。端午貓與我生活十六年，每每想念牠時，我知道牠永遠活在美麗的菖蒲花間。

小乖的貓語錄

與貓遊戲，最好配合牠的規則與儀式。

這種以貓圖案製作景泰藍的小茶壺相當精緻，非常難得。

跟著小乖觀察喵星人

我，小乖，已經快二十歲，但聽說有貓比我更長壽！根據金氏世界紀錄，目前最長壽的貓是美國德州的一隻暹羅貓，牠活到三十歲哩！你家貓咪多大了呢？分享一下牠幼時與成貓的照片，讓我看看牠「轉大貓」有哪些明顯變化吧。

我家喵星人幼齒照

請貼照片

————— 歲

我家喵星人成熟照

請貼照片

————— 歲

猫のきまぐれ……

てぬぐい活用猫

ふうに活用猫

猫のこと

猫語録

猫に小判
高価な物の価値

猫の休息……

眠い……

 小乖的麻吉

獨一無二
貓布書

仿線裝古書裝訂的貓布書，
全書共有十頁。

國籍：日本
貓齡：4歲
品種：布
尺寸：9×1×17公分

在京都發現獨一無二的貓布書，是我行程中最有價值的收穫。

本來只是要逛逛聞名的錦市場，這裡是日本人飲食中不可或缺的各種醬菜、米麴的集中地，醃製品是日本很重要的日常文化，來到京都豈能錯過？卻不料在一條街裡，看到了用漢字印出「貓的休息」四個字的布書，它完全模仿線裝古書的設計，雙摺成頁，全書共有十頁。如果把裝訂的線剪開，便展開成一條長形的布巾，可當頭巾、包袱巾、圍脖巾、擦汗腰巾，亦可作為裝飾，例如鋪在桌面、綁在提籃、掛在窗上……，多麼不可思議的神奇多元功能啊。

但我最心儀的仍是「布書」的型態。翻開封面，裡面文圖並茂。這本《貓的休息》講的是貓在休息中的思維，內容逗趣又引人遐想，包括：一、伸展手足，進入夢中；二、今天很悠閒地順順毛；三、曬太陽實在紓壓愜意；四、身體捲成碗狀休息，多麼舒服啊；五、摩來摩去，在桌爐中是會融化的；六、坐著也會慢慢走入夢境；七、現在正在休息中。

店員說，布書是高貴又好攜帶的禮品，除了貓題材不斷出版，還有針對特有文化如柴犬、藝妓、武士、櫻花、富士山、傳說、神話等，每週都有新品上市。此時，當店員在我面前展示各種各樣的貓布書，我只有歎為觀止，全數敗家結帳。

小乖的貓語錄

貓的體內蘊藏著一縷不朽自由魂。

浪貓與
家貓

昭和貓一代，表現戶外
的自然場景。

 小乖的麻吉

國籍：日本
貓齡：15 歲
品種：塑膠
尺寸：每件約 3~5 公分

「食玩」在台灣模型市場的顛峰期，大約起於二〇〇三年掀起的扭蛋熱，那時除了到處可見扭蛋機台外，台北地下街進駐了多家食玩店家，形成玩具集散地，吸引的逛街人潮達過去的十倍之多，書市更流通著相關情報雜誌與專書，加速了食玩收藏迷數量的激增。

　　由於食玩題材應有盡有，幾乎涵蓋了人類的食衣住行育樂，外加文學藝術、流行文化等，每個人都能針對興趣喜好、心靈寄託，找到印證與對話的小玩意。由於食玩的體積不超過掌中方寸，購買價格也僅在百元內（如果是盒玩，大約千元內），所以，收藏迷從青壯派到少年、學童，像我這種大嬸、大叔級的也沒例外。

　　而我當然只能克制著把焦點鎖定在「貓」；最早購得的是 YUJIN 與 7-11 合作的限定版「昭和貓」，一套共六款，一個隱藏版。當時看到實品時，其實有點失望，因為貓搭配在場景中，就像個配角，其場景又過於一般性，如舔著西瓜、撲著蝴蝶、望著池塘鯉魚、抓獨角仙……。然而「昭和貓」為何造成熱烈搶購，難道只因為是限定版？仔細觀察後才發現，昭和貓的魅力主要在貓的擬真，例如臉容情態、肢體動作、皮毛花色，無不刻劃得維妙維肖，尤其纖細的貓毛與靈活眼神。而搭配貓的場景創意則為了呈現昭和時代的背景，我想這就是名為「昭和貓」的意義吧。

　　幾個月後，「昭和貓」出現了二代，同樣六款加上一個隱藏版，

但場景主題放在室內的木桌與扇子、酒瓶、杯子，甚至電話亭，顯然要與一代的戶外場景做區隔。半年後，昭和貓三代誕生了，場景以貓的頑皮為設計，如在碳爐旁守著烤魚、電視機上打呼嚕、躲在菜籃裡、玩著電話線、睡在浴桶裡。

　　從一代的浪貓到二代、三代的家貓，生動描繪了貓的生活起居，每一件昭和時代的家具、家電、日用品都勾起人們懷舊的情緒，透過貓現場的動態演出，讓收藏迷愛不釋手。昭和貓系列至今已成古董級的珍品，由於它不是經過美化的「想像」，是真貓重現於時光隧道的寫實作品，顯得格外稀有難得。

小乖的貓語錄

貓總是輕聲細語、動作優雅，顯露牠有禮教的文明身段。

昭和貓二代，以木作家具做區隔。

昭和貓三代，描繪生活起居為題。

重逢

印度這類受觀光客喜愛的紀念物，是以輕巧的「土黏香」材料製成。

 小乖的麻吉

國籍：印度
貓齡：28 歲
品種：土黏香（木屑壓製）
尺寸：大 6×8×12 公分，
　　　小 6×8×8 公分

我沒去過印度，但收藏了好幾件印度的貓逸品，尤其是這種以木屑壓製成形、再施以塗料固定的貓形盒子，每一件都是手工彩繪，畫風很素人，線條與圖像都趨向簡單，偶有「意會式的幽默」。

　　二、三年級生對這種材質應該都不陌生，台灣古早布袋戲人偶的頭與手腳，就是用鋸木時產生的木屑粉、富有黏性的羅楠樹皮粉和水，將這三種材料依比例調和成半流體，然後導入模型，等候乾硬取出，再飾以彩繪。這種材質在一九二○年代主要是製香的原料，只要添加檀香或沉香，就成為信徒拜拜時雙手所持裊裊發煙與神明或祖先溝通的「燃香」了。

　　鋸木工廠的木屑原本只是廢物，但收集起來就變成再生資源，在早期經濟匱乏的年代，諸如孩子的玩具、民間祭拜最為廣泛的土地公神像，也都是以這種材料塑造，它有一個很鄉土的名字叫做「羅黏香」。後來，改良成以取得容易的黏土、太白粉或樹薯粉、香料混和製作，俗稱「土黏香」。塑膠出現後，這種質地輕巧但依賴手工的土黏香便逐漸式微，甚至走進歷史。

　　但在印度，許多工藝品仍然採用這種材質，它呈現古老東方的氣息，也表達庶民手工的親和力，很是吸引觀光客。我挑出圖像中的這三件貓形盒子，仿若一家人，其實它們原本失散於印度各地，經三個旅人所青睞，不約而同帶上一程，沒料到竟然會在我家大團圓。

這類貓型盒子上面是蓋子，下面是底座，雖然可開可合、提供收納空間，可是中空部位的不規則並不適合放置東西。這樣的設計主要因應「灌模」需要，模型必得上下分離，才方便施作。這三隻貓偶形樣互異，彩繪風格卻一致，好像來自同一個畫工，卻又沒有中央工廠量產的粗俗相。它們的「異與同」讓我感到無限意趣，總是推敲著，這一家人如此飄洋過海、千山萬水的重逢，就這個緣分便值得我為文一說再說了。

小乖的貓語錄

貓是愛的門徒，貓是調情高手。

上面是蓋子、下面是底座的貓型盒子背面。

印象派之美

 小乖的麻吉

國籍：威尼斯
貓齡：30 歲
品種：鉛玻璃
尺寸：4.5×6×14 公分

沒有臉容五官的貓，在水晶玻璃的軀體內，運用流動鉛砂塑型，風格獨特。

貓的魅力在於牠們擁有智慧與優雅，這兩個條件太抽象，以致不必掛上標籤，誰都認得出。

歐洲行旅來到威尼斯這一站，穿梭在蜘蛛網狀的巷弄中，想像著推理劇中驚悚的迷途遭遇，忽然，拐個彎，出現一整排燦亮的店鋪，賣的就是威尼斯最膾炙人口的玻璃器皿。在五顏六色的瓶瓶罐罐中，我獨獨發現一隻灌鉛砂的玻璃貓，從透明的玻璃軀體中，運用游動的黑色鉛砂形塑出抽象的妙曼身影。它安靜地、篤定地站在那兒，什麼也沒說，可是我都知道，這就是貓。

在我的典藏中，相較於精工細膩，有一類貓作品是很特別、截然不同的。創作者抓住貓的神韻，以簡單、奔放不拘的手筆，大膽的造型，甚至無形無線，以抽象做訴求，留下無限空間給觀賞者自行揣摩與解讀。這樣的貓逸品，我稱它為印象派。

印象派貓，有的充滿漫畫趣味，有的著重於構圖的虛幻感，有的線條簡潔到不知所云，有的卻又樸拙如太初……。貓能百變，然而即使變到無形無樣，人們還是一眼就看穿，因為，貓的神韻是萬物中的唯一，是千古靈魂的經典。這隻來自古國的貓，雖然沒有臉容五官，但它端詳於四方，十足似個偵探，讓人怵於它的魅力。

小乖的貓語錄

貓能百變，然而即使變到無形無樣，人們還是一眼就能辨識。

王與后的皇室風采

以描金、五彩的波斯風格，爲貓王與貓后裝扮。

 小乖的麻吉

國籍：英國
貓齡：30 歲
品種：精瓷
尺寸：貓王（右）23×7×22 公分
　　　貓后（左）23×7×21 公分

在我的貓收藏中，除了無價的藝術創作外，價值最高的逸品，應該就屬「王與后」這對皇家雙貓。

它們是我在一九八六年香港旅途中的偶遇，當時，我只是行經一家瓷器旗艦店，櫥窗裡盡是璀璨、精美的餐具。它們並非我的目標，但有一股魔力召喚了我，引領我的腳步來到貓的面前。很多時候，與貓的「萍水相逢」似乎就是命中注定。服務人員說，這是英國「皇家皇冠德比瓷器公司」今年剛剛推出的貓系列。

我看了非比尋常的高昂定價，仍然毫不猶豫的請服務員從獨立旋轉座台把它們請下來。

這個瓷器品牌推溯始自一七五〇年，使用非常精細的骨瓷生產頂級餐具，一七七五年英王喬治三世授予皇家專用的榮譽，一八九〇年維多利亞女王頒發「皇家認證」，因而定名直至如今，鐵達尼號頭等艙的餐廳就是採用這品牌的餐具。

一九八一年，該品牌突破傳統，加入了裝飾性的器物生產，以五禽與一隻兔子開啓了「收藏家」系列，從此動物走進人間，禽鳥、走獸、家畜都名列其中，「貓系列」首推這一對「王與后」。貓王（圖右）是採形似「暹羅貓」的尖臉、大耳，長尾巴還露出捲在腳邊；貓后（圖左）則身披毛領長斗篷，只露出靴子，圓臉、寬鼻、短耳形似「英國短毛貓」。

描金或燙金在器物上的特色是這家瓷器絕世的高超技術，王與后的服飾與頂上皇冠，都施以「波斯古國」細緻、精密、華麗的色彩表現與風格，想來是賦予「貓從東方來」的歷史意味吧。

　　歷經三十年，王與后早已絕版，價值非凡的雙貓從皇室來到我家，晨昏陪伴，與它們四目相見，倍感人與愛物的邂逅，就是那相同頻率、相同氣息的吻合，在流轉的時空裡，偶然或命定，都為了彼此存在的美麗佐證。

小乖的貓語錄

貓不需要社交，牠是真正
的單身貴族。

跟著小乖觀察喵星人

有人說我們貓咪是很冷漠的動物，又有人很欣賞我們的優雅……，總之，我們總是被人品頭論足。你家喵星人個性如何呢？請在下列敘述中圈出符合牠的個性。

我家喵星人的個性：

老子我最大　傲嬌又冷漠　就愛吃美食　文靜又害羞　調皮愛玩

就是愛賣萌　體貼又暖心　挑食　天然呆　黏TT　溫柔善良

喜歡獨處　優雅有禮貌　暴躁沒耐性　愛放空　愛跳高　怕吵鬧

大頭症　公主病　愛撒嬌　很會記仇　古靈精怪　人來瘋

如果上述都不符合，請寫下你眼中的牠：

貓人・人貓

 小乖的麻吉

國籍：英國
貓齡：28 歲
品種：木
身高：9×6×0.5 公分

貓蹲馬桶學人上廁所的個案比比皆是，貓擬人的動作也不稀奇。在所有動物中，把貓當人看待，當然是人對貓的尊寵。許多藝術家更樂於表現貓擬人化的模樣，於是穿衣戴帽、人模人樣的貓，穿梭在我們的生活中，大家早已見怪不怪。

　　三十多年前，日本有一個攝影家出版了一系列的作品，內容是穿著華美服飾的真貓，配合各種場景，演出一幕幕生活寫真。該書出版後震驚各界，保護動物團體更出面撻伐，因為影像中的貓都以直立之姿模擬人類活動，如騎機車、餐桌飲食、校園上課、打球、遊戲……，把四肢動物扳成二足當道具，已形同虐貓。當時愛貓族怒吼上街抗議出版商，雖然很快地逼迫書市下架，但是後續仍有媒體人炒新聞，針對「如何讓貓站立」向大眾徵文，千奇百怪的想像力如用板子捆綁、用膠水黏、施打麻醉針……，最終也沒有解開這謎題。一九八二年，台灣某出版社還盜版翻印，取書名《淘氣貓脫卜的故事》上下兩冊當做兒童節的孩子讀本。

　　若以今日的科技來看，最有可能的就是利用「電腦繪圖」的移花接木創意，不知道三十多年前這種軟體是否已經發明？

　　其實，貓人、人貓，早在中世紀的西方，貓曾是嬰兒的最佳保母，負責看顧熟睡的嬰兒，以防野獸、鳥類進屋子傷害孩子。貓也替代忙碌的家庭主婦，在家裡陪伴幼兒遊戲，當馬騎、捉迷藏、追趕跳、丟

球撿球⋯⋯，當屋裡有異狀時，貓的兩眼立刻變成偵防器，身體隨時可彈射出去，執行著保全的任務與使命。

這段歷史在文學或美術中都有記載痕跡，直到貓被新教徒視為妖孽，受到全面撲殺的厄運。人們刻板印象中以為貓只會捕鼠，盡了防疫的功能；其實貓不僅會做人的工作，更是孩子的天使。生物學家也研究出，貓與人類的關係往往比兩貓之間還親密。

所以人模人樣的貓出現在任何時空。一八六六年，英國童書作家碧雅翠絲・波特筆下除了彼得兔，還有湯姆貓，是一隻穿著連身淺藍褲裝的虎斑小男生；還有當代以「貓名畫」聞名的蘇珊・哈伯特，一生專注於以貓置入「名畫」中，重新演繹貓人的世界。

除了藝術家以其作品歌詠「貓人」之外，市面上也不乏這類穿著服飾的「人貓」，在我的收藏中，以「音樂家」演奏樂器的模樣之逸品最多，大概貓的優雅氣質讓人們難忘牠與音樂合為而一。

小乖的貓語錄

貓，除了擁有各項美名外，牠還是一個戲劇天才。

蘇珊‧哈伯特的「亨利八世」，印在糖果盒上。

穿著禮服套裝的貓人，一派優雅。

眩目虎斑

虎斑貓猶如家中的老虎。

很多人對虎斑貓情有獨鍾，但你一定不知道，「虎斑」只是隨俗的泛稱，它涵蓋了千百種，名稱各異，有「魚骨虎斑」、「玳瑁虎斑」、「古典虎斑」以及最大宗的「各色標準虎斑」。除了身上斑紋一看就如老虎，虎斑貓臉上更是一張神祕的遺傳地圖，有的額頭秀出「M」字，有的寫了「川」字，有的眼睛描有眼線，有的眼角單線延伸到耳邊，有的雙線相交在頰面。虎斑是貓族中的「大眾臉」，雖然普遍，卻也是最為眩目的紋樣。

貓的被毛花色基本上分成五種，有單一色、虎斑、重點色、相間色、毛端色，全都是根據遺傳因子決定。但所有的貓都具有虎斑特質，雖然肉眼看不見，或者乍看是單一色，事實上都由斑紋變化而成。能左右貓花紋的，是一種叫 Agouti、具有加速或緩和色素於毛管作用的遺傳因子，它沉澱速度的快慢，牽引了每一根毛產生深淺不一的色帶，於是造就了貓的花色類型。

二〇〇六年，「愛貓族聯誼會」發布將「台灣貓」界定為「虎斑貓」。這是透過兩千份的台灣混種貓問卷調查紀錄，加上長期觀察交互整理出特徵，針對體型、被毛、顏色分布、眼型、眼色、四肢、尾巴等做出第一階段的分析報告。

儘管在「世界家貓圖鑑」或「血統貓圖錄」中還找不到所謂的「台灣貓」，但以「虎斑」特徵來界定，是基於歷史、地理、民俗、人文、

生態等多元方向的取樣，對於生活在這塊土地的生命意義非凡。

　　「虎斑貓」可說是家中之虎的代表，威武之相中卻是滿滿的敦厚溫柔，能夠擁貓入懷，確實勝過珠寶在庫。

所有的貓都具備虎斑特質，只是肉眼看不見而已。

小乖的貓語錄

貓不僅模擬了獅虎之形象，牠更擁有萬獸之王、無可匹敵的特殊化稟賦。

陳文發 / 攝

白無垢

 小乖的麻吉

國籍：日本
貓齡：4 歲
品種：絹
尺寸：10×4×2.5 公分

在京都的錦市場裡，原是為了買醬菜，不料卻發現一隻令人驚豔的貓，它全身白色的織錦絲綢，一圈紅色圍脖，襯托著天真笑容。

約略只是半個手掌大的布料，卻能縫製出貓特殊的體態，我的腳被它釘住了。店家讚我好眼光，仔細地向我解說，這貓是以日本傳統新娘服「白無垢」的料子所剪裁，貓的體內藏有纖細的水晶珠珠，頭部則填以蠶絲。

「這是設計師的限量作品。」難怪，它不是一般填充玩具，它是有意涵的，它被賦予了最高貴的人類文明，使用最精緻的材料妝點出非凡魅力，我在它面前只有傾倒與讚賞。

這貓輕巧卻有重量，隨著人手的擺布，軀體出現各式各樣的形姿，但無論如何，「白無垢」的意念已深植我心，我就當它是穿著嫁衣的貓：純潔無瑕的白，是神的顏色，慎重地念著「切莫出而又返」的祈願。

可是，它的臉容完全是一派頑皮稚趣，毫不端莊。看它倒掛在樹叢上，儘管快要跌落，還是沒有罣礙與恐懼之色。

小乖的貓語錄

千變萬化的貓表情，解讀著
學習生活的密碼。

食玩的
貓料理

 小乖的麻吉

國籍：日本
貓齡：12 歲
品種：塑膠
尺寸：每件約 3~6 公分

臥貓鐵板、長靴啤酒杯、貓臉餐具和桌墊、貓頭蠟燭，構成一席可口晚餐。

常見日本料理店的櫥窗擺著擬真的各式菜色模型，它們通常連盤碗都是一比一，以其引人垂涎的視覺感，並提供標價，這種一目了然的「菜單」，在日本已經有一甲子以上的歷史，而食玩王國裡的微縮模型不過是十多年歷史，其細膩、精緻的技術表現簡直青出於藍勝於藍，令人愛不釋手。

　　收藏貓的我雖然也愛這些袖珍小物，但總是要控制著癡心的氾濫，所以對於「飲食生活」範疇一概拒絕動心。然而，看到「黑貓主廚」的義大利餐廳開張，卻讓我完全崩潰了。

　　這一組八款的義大利料理，是食玩生產廠商 MegaHouse 二〇〇七年四月的作品，延續動物店長系列所推出的第三彈。雖然穿著白色廚師服的黑貓只印刷在食玩的包裝盒上，但凡是食玩迷一定都知道，這黑貓先生另有公仔的成品可供典藏。

　　黑貓主廚的八款菜色，有元氣早餐：土司、太陽蛋、番茄醬、冰咖啡；瑪格麗特披薩：紅酒、雞塊、辣醬、薯餅；燭光晚餐：鐵板牛排、玉米濃湯、啤酒、蠟燭；午茶時間：杯子蛋糕、巧克力糖、餅乾、高腳承盤與貓耳透明蓋、貓媽媽牛奶壺；餐後甜點：提拉米蘇、柳丁片、冰淇淋、煮紅茶……。

　　無論是主菜還是點心，每一款都有不同的貓造型出現在食物或刀叉、餐具、承盤、紙墊、茶壺、杯子，甚至咖啡上面的奶泡拉花也以

貓臉爲畫，每一件都因小巧袖珍而格外絕妙，讓人禁不住傾倒。

如今，它們已是絕版的「古董食玩」，也是我收藏中唯一的「貓料理」。

貓臉的披薩與薯餅。

小乖的貓語錄

貓的本領是令人情不禁的憐愛。

貓媽媽奶壺、高腳貓耳蓋承盤、貓頭小蛋糕。

夢幻派對

貓無所不能，就是充當筷架、牙籤盒，也是一團和氣，可愛到不行。

 小乖的麻吉

國籍：日本
貓齡：25 歲
品種：瓷
尺寸：左一 5×4×5.5 公分，
　　　左二至六 4×3×2 公分

一個人做菜或吃飯，難免感到寂寞，但看到廚房裡處處是貓的杯杯盤盤，興致就來了，這大概是收集這類貓雜貨的最大樂趣吧。

把貓圖彩繪到精緻瓷器上作爲欣賞或使用，是歐美國家自古以來貴族的傳統。近三十年來，日本則開發出平民式的產品，大多引用插畫家的作品。圖繪不再只是維妙維肖的貓，而是創意奔放，甚至具有卡通漫畫風格的幽默，而且在生活雜貨中竟然闢出獨立的一項，叫做「貓雜貨」，可見需求的人口眾多。

人類很早就在餐具上彩繪圖案。隨著時代的變遷、物件的流轉，瓷器西化後，餐具圖案更見豐富。之後餐具不再只限於飲食器皿，而是發展出餐桌上相關的周邊產品。

以貓爲圖繪或以貓形爲設計的餐具，總是洋溢著可愛的趣味，在材質上與一般餐具沒什麼兩樣，仍以陶瓷爲大宗。瓷器餐具質感溫潤，色澤晶瑩、實用，具有保溫效果、易於收藏等優點，所以特別適合做於食用器皿。對於貓餐具的創作者而言，陶瓷可創性極佳，最能展現其成就感。

愛貓族都是很隨性隨意的，喜歡有關貓的一切事物。餐桌上，美食或者是其次，各類貓造型和彩繪有貓咪圖案的餐具才是賞心悅目的主題。收集到了一定範圍，餐桌上就可舉辦一場夢幻派對了。

花色各異的仔貓排排坐，擠在一起，眯著眼睛，蹲低身體，爭相

做著「起跑式」。的確，它們正等待夢幻派對的開始，好大展身手，贏得賓客的歡心讚賞；原來，這些聚在花叢前面的仔貓裝扮成一個個筷架，讓人把筷子擱放在它們背上。今天它們參與派對，不做滿場飛的花蝴蝶，它們要當可愛的僕役，擔一點工作，負一點責任。貓，絕對是乖乖好幫手，牠們想對那些認為貓愛偷懶的人一個最佳見證。

　　托盤、茶壺、杯組、碟子、糖罐、湯匙……，每個都是貓模樣，連餐巾都是一張張貓臉。音樂開始了，這些各據一方的貓角色欣賞著翩翩起舞的人們，它們知道，不多久，人們會圍繞著宴席桌，發出對貓餐具的讚歎勝過食物的吸引。無論在何處，貓都是視覺焦點，更是美學的極致，即使只是一個筷架。

小乖的貓語錄

貓，總是出現在人的視覺焦點。

以貓臥姿設計的筷架，是餐桌上的亮點。

跟著小乖觀察喵星人

我想，人類真的很愛我們，總是讓我們以各種形式出現在生活中的每個地方，像是化身為招財貓或變身成筷架、杯盤……等等，看到人類又驚又喜的關愛眼神，我也不禁覺得很感恩。你也買過我們代言的貓物嗎？哪一個最讓你愛不釋手呢？

最愛的貓物：

請貼照片

在哪裡買：

用途：

感想：

可愛的雙貓圓形「繪馬」。

雌雄並立
招緣貓

 小乖的麻吉

國籍：日本
貓齡：4歲
品種：木
尺寸：直徑 14 公分 × 厚 0.6 公分

日本人相信馬是神明的坐騎，古代曾有達官貴族奉獻眞馬祭神的宗教儀式，庶民百姓則在木板或泥板上畫出馬匹聊表心意。這個取代的形式在奈良時代（710~794）就已經有了文獻記載，桃山時代（1582~1600）有畫師專門爲富豪家族繪製巨形的繪馬，以在神明面前競相比拼。直到進入江戶時代（1603~1867），「繪馬」由許願的貢品變成護身符的象徵，之後更普遍成了大眾遊覽神社的紀念物。

　　「繪馬」的主角當然是「馬」，但十五世紀的室町中期出現了馬以外的圖案，其動機不外是信眾有個別不同的願望，如病痛就畫出身體、缺錢就畫出金幣銀幣，祈求神明施恩促成。後來，各家寺院依照祭祀土神所掌管的法力，延伸爲各種吉祥物，如動物、植物、法器等，印刷於木板上，供信徒在背面書寫心願，掛於寺院的樹上或架上。

　　繪馬的形狀不限於傳統的五角形，大小也自由了。如圖的繪馬所屬於東京淺草附近的今戶神社，獨特圓形的繪馬印著可愛的雙貓圖案，這可不是一般的「招財貓」，而是此神社的吉祥物「招緣貓」，注意白貓身上有黑點的是雄貓，無黑點的則是雌貓。

　　殿門口立著巨大的雙貓，召喚著各地來朝聖的觀光客，從神社庭園的圍欄上掛滿密密麻麻的繪馬，就可看出雙貓無遠弗屆的魅力；這間昔日名爲今戶八幡宮的神社，就是現代東京的情人廟。信眾絡繹不絕，爲的就是來向「招緣貓」許願，買個繪馬寫上心事與情話，託付

招緣貓牽紅線，祈求愛情順利綿長、心想事成。

招財貓法力無邊，同樣的圖騰卻可演繹出各種人類的需求：招財、招緣、招福、招喜、招吉……。很懂得人性的貓升格為保佑祝禱的神明，已經超越了「吉祥物」的層次了。

今戶神社懸掛的繪馬與殿前招緣貓立碑。

小乖的貓語錄

貓是默劇演員，只需眼神往來，牠們甚至不必打手語。🐾

亦貓亦狸的招財貓變種。

招財貓的
配飾與裝扮

 小乖的麻吉

國籍：日本
貓齡：28 歲
品種：陶瓷
尺寸：15×8×16 公分

招財貓除了以舉手招徠成為獨一無二的標誌，身上的配飾也是不可或缺的裝扮。傳統款的招財貓頸脖繫有紅絲帶垂掛金色鈴鐺，沒有舉起的手扶著「千萬兩」金幣，鈴鐺與金幣都是「吉祥、增福、興利」的象徵。然而，在時空推移的進程中，這一成不變的配飾逐漸受到創新的挑戰，取代這兩樣的配飾變得多元、華美，甚至幽默十足、無奇不有。

　　於是招財貓的身上衍發各種圖案的裝扮，它們各有其意義，讓收藏者做不同選擇，如寶船等同財運、富貴，翔鷹代表理想、夢想，龜鶴是長壽，松竹梅菊意味四君子，花卉代表富貴，富士山寓意名利雙收，茄子象徵願望實現，鈴鐺開運、招緣，桃子表豐收、好運道，櫻花祝福愛情、事業順利，金鯉象徵吉祥、年年有餘。

　　除了身上的裝扮，貓手拿的配飾更是五花八門，如萬寶槌、葫蘆、達摩不倒翁、百寶袋、蒲團扇、摺扇、金魚、算盤……，因應科技時代，也廣增執手機、筆電的貓。

　　圖中肩背鯉魚有大豐收意涵的招財貓，亦貓亦狸的臉貌反成了焦點。日本各地都有侍奉狐狸的稻荷信仰，「稻荷」沿自「稻生」之意，是守護五穀之神，本社位於京都。江戶時代為武家所奉祀，後來廣為農、漁、商等各行各業流行的神相，具開運、祈福之意。原本稻荷之神為天帝，不知不覺就變成以狐狸的面貌奉祀於神壇上，神壇上除了

狐神，還有七福神、福助神與招財貓。

　　但比起稻荷信仰，招財貓的歷史比較淺，成熟期也較短，由於尚未具備神格化的條件，招財貓只能算是吉祥物或護身符的地位。但在製作貓偶的創意上，意外發現這種「亦貓亦貍」的逸品，可是難得佳作呢。

「七小福」的可愛配飾。

舉扇示意的幽默貓。

小乖的貓語錄

貓具有高度的幽默感，牠知音難覓，以致孤獨成癖。

陳文發 / 攝

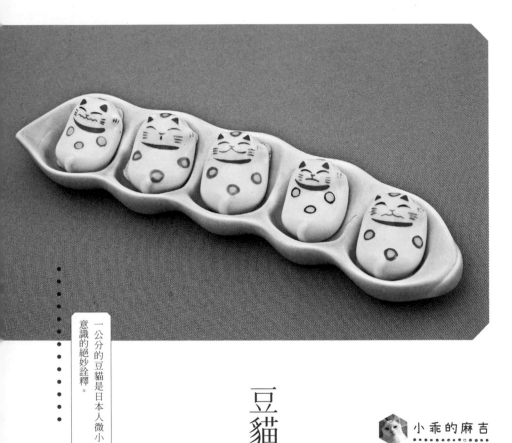

一公分的豆貓是日本人微小意識的絕妙詮釋。

豆貓

 小乖的麻吉

國籍：日本
貓齡：20 歲
品種：瓷
尺寸：豆莢全長 8 公分，
　　　豆貓 1 公分

豌豆莢裡躺著五個比擬豆子的招財貓，是名符其實的「豆貓」。每個一公分的豆貓舉著左手笑咪咪，令人不禁莞爾、愛不釋手。這是萬事萬物皆精於「微小化」的日本人才想得出來的超邏輯設計。

　　大家公認「小東西都是可愛的」，日本人不管是日常生活、藝術表現或商品，皆能把事物縮小。縮小，不只是按原寸縮小而已，而是比原樣更加出色。他們專注於「縮小」的各種變形，悄然內化成文化精髓，大大影響著當代世界的審美觀。

　　這個豆莢貓以瓷器製作，全長八公分，是我的收藏品當中，最能詮釋以縮小意識為本性的日本人所具備的這種才能，顯現出他們「以小取勝」、「以優致勝」的目的。

　　對於有收藏使命的我來說，在漫長的尋尋覓覓途中，小物件最不可多得，豆貓勢必要可愛到了頂峰，才足以讓人無以言說的仰望。若沒有豆莢一個蘿蔔一個坑的搭配，這些招財小貓就沒什麼看頭，舉手的貓也不稀奇，要仰躺到全身放鬆、放肆，這才有趣，加上那捲起的尾巴，豆貓的宇宙可真是細膩。

小乖的貓語錄

小貓天真無邪，大貓老謀深算。

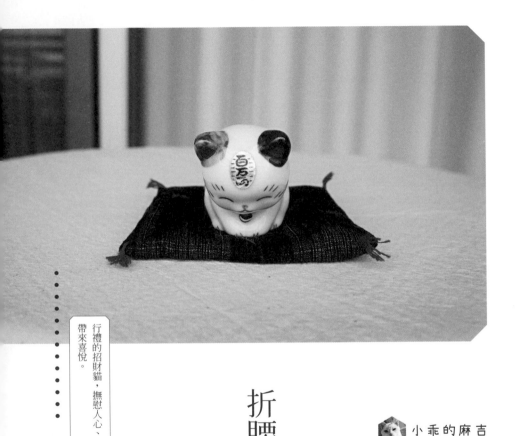

行禮的招財貓，撫慰人心、
帶來喜悅。

折腰鞠躬

 小乖的麻吉

國籍：日本
貓齡：16 歲
品種：瓷
尺寸：6×3.5×5 公分

日劇裡常看到日本人處處行禮如儀，無論著和服或時尚服，都以敬禮當做人際關係的美學。

　　前年去京都旅遊時，不知不覺也學著入境隨俗，尤其要拜訪多位長輩，特別練習了鞠躬禮數。在地友人教導，站立時以腰部爲基點，分「四十五度以上的最敬禮」、「三十至四十五度的敬禮」、「十五至三十度的點頭」三種。「最敬禮」針對神聖儀式、地位崇高之人，或爲謝罪、感恩，視線落在對方腳尖前一公尺處；「敬禮」針對初次見面、自我介紹、致謝等，視線落在對方鞋面；「點頭」則是日常生活的禮貌，視線落在對方肩膀。彎身的角度愈大，表示的誠意愈深，時間相對也愈長。

　　還有另外一種「背後行禮」，是在目送對方離開時表示敬意與謝意，一般四十五度以上的鞠躬，並且等到對方完全遠離視線之後才能恢復直立，這最常見於官場、商務、企業，是職場的基本禮數，也是個人教養的彰顯。

　　習慣跪坐的日本人在行「座禮」時，一種是上半身趨前並低頭，另一種則幾乎是著地的磕頭。如此，看看如圖的招財貓，就是以「座禮」示範貓的身體語言。雖然貓沒有「跪座」，但是前足並排在後足中間，形成四肢扇狀如磐石，支撐著圓滾滾的身體，尤其側面頭、背呈圓弧的線條，更對應了日本人強調鞠躬時不可被看見脖子的要領。

貓背脊的底端有捲貼的尾巴，貓臉則見微笑上揚的嘴角及向下凝視的雙眼，顯得穩重而定靜。

日本人的鞠躬不只講究對象、身分、場合，更需配合「禮三息」的步驟：彎腰時先吸氣，鞠躬至定點時呼氣，最後吸氣回復身體姿勢。呼吸吐納可以提升內在的精氣神，連動於外在的表現，便是流露真誠坦然，沒有虛偽矯情。

四足踏在墊毯的招財貓，專注地以九十度折腰鞠躬。貓低頭不為示弱，而是為人類祈福庇佑。看到貓的行禮姿態，怎能不感受到貓的神祕靈氣。

小乖的貓語錄
貓，沒有不高雅的，牠們的氣質來自天賦。

九十度彎腰低頭，也有人稱這是「道歉貓」。

偶遇的貓杯

突破招財貓制式的圖騰，以隨意線條著墨，更見貓的自在不羈。

 小乖的麻吉

國籍：日本
貓齡：4 歲
品種：瓷
尺寸：右杯直徑 7.5× 高 6 公分，
　　　左杯直徑 7× 高 5 公分

招財貓被視為可供祈福、平安、招財、求姻緣的象徵，但又不像一般供在廟裡的神明，莊嚴肅穆得讓人不可親近，反而是散布在無疆界的、庶民家常的雜貨中，可以擺飾在空間，可以是貼身玩物，有時也印刷在平面的布料或紙製品。像這樣畫在茶具的紋樣，倒是非常稀有，尤其，當它們以拙趣的線條勾勒出一種幽默、玩笑的模樣，更是少見。

　　這兩個杯子是在京都逛跳蚤市場時偶然發現的，當時它們混在一堆餐具中，有疊得高高的盤子、碟子和一落落的大碗、小碗，遊客想伸手挑撿花色，又擔心碰壞了這些看起來有些年代的東西，大多不敢放肆。大家小心翼翼地用眼睛觀賞、瀏覽，只有我，一定是露出了「搜尋」的目光吧，竟被老闆主動關心：「來、來，這是昭和時代的茶杯。是你要找的嗎？」

　　兒子在一旁幫我翻譯後，我趕緊搖頭表示拒絕，但那老闆把東西遞到我眼前，繼續說：「你不就是在找這個嗎？」

　　「那是古董，我們哪買得起。」我私下跟兒子說，我們趕快離開這個攤位。

　　「可是，上面有貓畫，你不看看嗎？」

　　「貓畫！」我沒有遲疑，立刻上前想接過杯子，這時老闆縮回去，掏出一條布巾慢條斯理地擦了擦說：「這是久谷官窯的青花，你瞧瞧。」

我根本不懂什麼「久谷青花」，也不在意什麼年代，但我被杯子上的紋飾吸引了。我想要更多個，最好有一整套。老闆笑了：「若有整套，那得去拍賣場出價。」

　　兩個杯子一大一小，好像難兄難弟，杯子上各有五隻招財貓，每一隻的臉貌與形姿都不一樣，相同的是「隨意」的手繪風格，但杯緣與杯內的圖騰卻又不同，可見其作品應該屬於系列式的。這種失散的殘品對我來說反而是「珍品」，天涯海角也難再尋覓了，雖有惋惜，當然絕對不錯過這今生的「偶遇」。

小乖的貓語錄

貓與「福」總是連在一起，貓會招財一點也不奇怪。

擁有風格獨特的貓圖騰，
要靠偶遇的機運。

我們一個舉手投足，總是萌到讓人類驚聲尖叫，但能夠這樣萌死人不償命，鬍鬚絕對是魅力所在。不過千萬別動我們鬍鬚的歪腦筋，它可是能幫我們偵測環境的重要武器。如果你真的很愛我們的鬍鬚，好吧，等它自動掉落時再撿吧。

我家喵星人鬍鬚觀察記錄
- 有＿＿＿＿＿根鬍鬚。
- 最長＿＿＿＿＿公分；最短＿＿＿＿＿公分。
- 我收集的貓咪鬍鬚

貼鬍鬚

黑貓知情

黑貓既是神祕偵探，也是
稱職的「工作貓」。

 小乖的麻吉

國籍：日本
貓齡：27 歲
品種：布
尺寸：9×4×13 公分

在一項玩具的抽樣調查中，動物布偶受孩子喜愛的程度高過娃娃人偶許多，可見孩子天生就有對「想像空間」的追求慾望。把在高山深海不可親近的野生動物（如老虎、海豚或鷹雁等禽鳥）或無法餵養在家的牲畜（如馬、狗、貓）化做生活伴侶，這滿足了孩子創造天馬行空的樂趣。

擁有人生第一隻動物玩偶是孩子難以忘懷的經驗。我成長的年代是物資貧瘠的戰後歲月，當時人們溫飽都很困頓，玩具是奢侈品，一般家庭沒有能力擁有。我的玩具就是文字密密麻麻的「小說書」，其中勉強能夠跟「動物」連結一起的，就是書名叫做《黑貓知情》的推理小說。

這是日本女作家仁木悅子的成名作。幼年罹患骨疽病而無法行走的她，以家中的黑貓為模特兒，讓牠在書裡接二連三發生的謀殺案中，穿針引線扮演兄妹偵探的幫手，但因黑貓過於好管閒事、太調皮搗蛋，以致常常影響查案進度。偵探跟隨著黑貓的好奇與細膩，終於破解出案情的謎局。

《黑貓知情》榮獲一九五七年日本第三屆的「江戶川亂步獎」，其清新的推理風格震驚了文壇，作者被喻為日本的「克莉絲蒂」。家中這本書是原版日文，因為封面有隻黑貓，與家中養的貓相像，於是央求父親翻譯，那一年我剛小學畢業，閱讀小說只是囫圇吞棗，但印

象非常深刻。這本書直到一九八八年才有中文版問世,當我重溫內容時,依稀記得懷抱著貓聆聽父親的說書,恍惚進入了太虛幻境,滿腦子都是詭計謎團、邏輯推理、巧妙破案……

貓的「工作」無奇不有,小說中最適宜當偵探的黑貓,回到現實界卻是個稱職的助理。圖中小黑貓胸前掛著的兜兜用處可多了,有時捧著針線包,協助媽媽做女紅;有時會到田裡撿柴、到茶園採茶,是個不會偷懶的「工作貓」呢。

小乖的貓語錄

貓是天生的探險家,膽大又心細。

宮崎駿電影《黑貓宅急便》中的黑貓 KiKi 也展現了超能力。

像貓
不是貓

安產象徵的狗將軍「福犬」，
像貓不是貓。

 小乖的麻吉

國籍：日本
貓齡：28 歲
品種：紙
尺寸：21×8×19 公分

貓逸品的典藏世界，材質最能表現時間與歷史的脈動。在日本電視時代劇《阿淺》中，紙糊製作的大型招財貓是加野屋門面一個既鮮明又可愛的道具；加野屋是大阪商人白崗正吉所開的「兩替屋」（民間借貸的商行），其夫人白崗與野（後來成為阿淺的婆婆）手藝精巧，作品中除了有一人高的招財貓外，她還手作了各式各樣的阿貓阿狗給孫女當玩具。這些手工紙糊彩繪的貓狗玩偶，並非現今我們所買到的制式化形象，而是隨性地創作塑形，以和紙一層層黏糊，再施以彩繪，所以每一隻玩偶都各具不同的手工拙趣。

　　這部描寫日本幕府末期、明治時代到大正時期的真人故事改編戲劇中，鎮店招財並護佑家族的吉祥物時不時地成為螢幕焦點，也把當時大放異彩的紙藝做了時代的回顧。

　　日本於西元五至六世紀從中國習得手工紙的製作技巧後，便陸續發展出品質精良的和紙。和紙出產的地方必然山川秀麗，因為材料來自野生樹皮，植物要靠清澈沒有汙染的山泉。除了天然環境，還要有刻苦執著的工匠職人，以及曝曬的陽光溫度，可以說，漉製手工紙要集大自然的恩賜於一體。像島根縣八雲村，自古就是「紙王」雁皮紙的故鄉，當地生產的「出雲和紙」質地細緻而拉力強韌，既不變色，也不會長蛀蟲，據說書寫後就無法更改，是重要文件與抄佛經的理想紙材。

製作玩偶的紙質或許不必這麼高端，出雲和紙後來也開發「出雲民藝紙」，廣泛應用到工藝品與日常生活用品中。尤其是表現鄉土的風物，以觸感柔滑、質地輕薄、不怕蟲蛀、不變色的條件，使紙糊製作的吉祥物因歷久彌新而升高到可「典藏級」的地位。其中怎麼看都像貓的「福犬」，就是沿襲自江戶風情的紙糊彩繪。

　　以「貓偶」而收藏的我，直到千禧年陪朋友到東京水天宮參觀「安產祈福」廟會時，才明白這是水神出巡時隨行的「狗將軍福犬」，它是像貓的狗。「福犬」自古就是好孕、求子、安產、好生、好養、庇佑小孩健康的象徵，以致每月五日水天宮的安產廟會活動，總吸引眾多信徒前去參拜，當然，也少不了要買一個「福犬」回家。

小乖的貓語錄

貓是一種看不見供養者的動物。

洋溢著江戶風情的紙糊招財貓。

這是一個帶著家族離散與相聚故事的布貓。

藍花布貓

 小乖的麻吉

國籍：中國
貓齡：26 歲
品種：布
尺寸：10×3×14 公分

用藍花布縫製的貓偶，一看就有濃烈的地方色彩，他說：「我家鄉的土產，你愛貓，女兒特別縫了這個給妳。」

　　一九八八年九月十二日，我搭一艘名叫「昌瑞輪」的客船抵達上海外虹橋碼頭。此行並非個人旅遊，而是身負重任的隨行記者；這是台灣解嚴後，兩岸第一次正式通航，由政府表達美意，透過國際紅十字會的接洽承辦，從基隆出發，三天後抵達上海，全程免費往返，首批護送八十個老兵及其家屬返鄉，我代表某一媒體，沿途做採訪報導。

　　我們在基隆登的船並非「昌瑞輪」，而是一艘二戰退役的俄國古董級戰艦，後改裝成遊輪，取名「昌鑫輪」，因應時勢，剛好成了首航的探親船。但是當年還不能「直航」，所以船隻必須繞道先到琉球，乘客下船入境後，再辦出境換搭另一艘「昌瑞輪」前往上海。如此折衝需多費時一天，使望鄉的老兵心急如焚。

　　在入境琉球後，為了打發換船的作業時間，船家備了遊覽車送大夥兒去街市逛逛。我沒參加，留在入境室休息，卻發現有一老兵也在場，問了他，才知他一夜輾轉無法成眠，加上昨天白日遇到大風浪，船隻顛盪得厲害，他說很擔心會命喪汪洋，忽然便淚流滿面，既怕見不到親人，又怕相見不相識。

　　那近鄉情怯的忐忑不安，一定日日夜夜啃蝕著他們的心吧。我問起他的家人，原來這位蕭姓老兵只有一個女兒是唯一親人，所以他沒

有像其他老兵大包小包帶了很多禮物，他輕車簡從，懷裡只放金飾項鍊與手環各一。出發前，他怕路上被偷，還用針線縫死在襯衫內袋，緊緊貼在胸口。

他拿出一張女兒的童年照片，憑著這，要去圓四十年的天倫夢。「女兒一直怪我遺棄了她娘，這趟回去除了去上墳求和解外，希望孩子能諒解。可是這又如何，我都老了，什麼也補償不了。」

「回家團圓，就是安心。」我不知如何安慰他，拿出拍立得相機，以輪船為背景，幫他拍了張照片。「記得把照片留給女兒，她會理解、也會釋懷的。」我為他打氣。

一週後，我們一行啟程同船的人在上海外虹橋碼頭會合，登上回返基隆的船。結束探親旅程的蕭姓老兵送給我藍花布貓，並興致勃勃地詳述位於江蘇長江出海口附近盛產棉花的故鄉南通。「我女兒利用碎布縫製各種玩具賣，生意很不錯，她希望我回去當幫手。我行嗎？都一把年紀了。」他像在自言自語，有所寄望的眼神讓我放心了。

藍花布貓的體態有別於一般貓咪的刻板印象，沒有四肢，也沒有尾巴，只是運用幾塊藍花布拼湊起耳朵與身軀，古意十足，很民間、很鄉土、很拙趣。我想像著縫製它的那雙手，以及這一家的離散與相聚故事。

小乖的貓語錄

渴望回報的人，一定覺得貓是背叛者。只有眞正懂得愛的人，才會了解貓的忠誠與多情。 🐾

布貓造型很多，但手染的藍花布料，鄉俗特徵格外貼心。

庚寅招財虎

大貓的
祝福

 小乖的麻吉

國籍：日本
貓齡：3 歲
品種：瓷
尺寸：11×6×8 公分

在東方，老虎象徵力量、威權、猛勇、熱情，牠身上那魔幻的條紋色彩有如註冊商標，稱之為「虎斑」；可是，老虎在生物學的分類裡只是貓科動物的一員，貓才是牠的祖宗呢。而且傳說老虎拜貓為師傅，學得十八般武藝後，包括抓、撲、捕、咬、剪、衝、臥、折、甩、吼、踩……，從此雄霸山林、草原，玉皇大帝更傳旨將牠入列十二生肖中，又送牠「王」字刻在額頭，使牠成為大地的第一勇士。

在我的家鄉，生肖屬虎的人不能當伴娘伴郎；有母貓孕產的家庭也拒絕屬虎的人探望，哺乳中的幼貓若被屬虎的人看到，貓媽媽就會將嬰兒貓吃掉或棄養，因為據說受到虎氣之煞的幼貓長不大。動物天生具備優生學，無論是否以訛傳訛的迷信，這種禁忌還真是令人感動。

因此在屬虎的效應之下，該年的出生率明顯降低，台灣二○一○年（庚寅虎）小一的入學新生為十七萬五千人，是史上最少紀錄，預計他們在二○二八年進入大學就讀時將僅剩十五萬八千人，是目前大學新生人數的一半。

儘管如此，民間尊「虎爺」為神，受到各方崇拜，一般人也相信老虎有驅邪解厄的功力，是護佑降福的吉祥物。日本人每逢虎年，都會製作各種虎題材的紀念玩意，「招財虎」就是其中可愛至極的逸品。

我所收藏的是二○一○年「有田燒」出品的招福干支。在素色的胎體上，用靛藍與紅釉為主的染錦彩繪技術，以手工描畫虎斑與象徵

梅、蘭、竹、菊四君子的花卉,呈現稚氣的臉貌神情,尾巴反勾伏貼在背脊,使豐滿圓潤的身材如一座磐石、不動如山。招財虎隱藏著貓的意識型態,忽然就卸下了威武,變得萬般溫柔、可愛。

「有田燒」位於日本佐賀縣有田町一帶,是日本最早生產瓷器的窯區,至今已有四百多年歷史,以餐具聞名世界;江戶時代,由伊萬里港口外銷到歐洲各地,受到西洋人瘋狂的喜愛,奠定了「染錦彩繪」的不朽地位。

區區小品的招財虎,卻也能以燒製整套數十件餐桌用品的「染錦彩繪」呈現,可見吉祥物是日本人很珍視的藝術美學,依各種名目而設計出的創意,每每贏得消費者的心。下一輪的虎年是二〇二二年,大家期待壬寅大貓的模樣吧。

小乖的貓語錄

貓會報恩,貓也會記仇;貓是神,貓也是魔。

十二生肖中的丑牛與寅虎。

亭亭玉立

 小乖的麻吉

國籍：美國
貓齡：28 歲
品種：紙
尺寸：14×16×26 公分

圍巾修飾了白貓的線條，
彌補首身分離的危機。

這白貓體態豐盈嫵媚，身姿亭亭玉立，所以我就當它是女生。它的大眼睛正與我交會凝視。來自北半球的它全身以紙材塑成，從遙遠的雪國搭船來到亞熱帶台灣，我拆開這個郵包時，它已行經五湖四海，顯得非常疲倦與脆弱，身上有幾處碰撞的傷痕，讓我十分心疼。

　　二十六公分高的白貓有著粉橘色的鼻頭與耳渦，它是一隻模擬真貓的貓偶。寫實的作品向來不討好，由於少了想像空間，難免要拿真貓做評比。但它的創作者可非常用心，貓身上有汝窯青瓷般的冰裂紋飾，以凸顯白色皮毛的層次感。橄欖型的大眼睛，眼線描畫得很篤定，看似老神在在，但是這兩個深邃不可測的潭水，卻也微微透露初見陌生人的緊張神色。當我把它從包裝盒裡抱出來時，忽然頭首與身體斷開來，貓頭觸地，耳殼出現小小裂痕，這可嚇著了人。待我仔細端詳後，才發現原來這白貓的設計就是頭身兩段的組合，把貓頭拿下來，貓身就是一個「容器」。

　　我打量著這白貓，覺得它的脖子比例稍長，原來這裡是有機關。這樣的設計除非是俄羅斯娃娃的大小套組，否則所為何來？又有什麼功能性？

　　很多貓偶做成「存錢筒」，或在背部挖洞，可以插花當筆筒，可是它，紙質材料無法負重，也容易變色磨損，實用性不可能被考慮，如此首身兩件的拼組，讓我疑惑不解。

我又猜它可能是裝糖果或小餅乾的造型禮盒，但通常這一類禮盒為了防潮，絕對是使用馬口鐵當材料，我的收藏中也不乏這類貓型的金屬盒子。紙質的貓除了觀賞外，應該一無是處，我雖然這麼推理，但仍然很想知道創作者的意圖。

　　這困擾了我許久，終於我寫電郵給贈予的友人，詢問白貓的來處。友人回信很簡單：「純粹就是一隻貓，讓它豐富你的收藏。」這是答案也不是答案，我想起自己的書中曾寫：「貓的形體，是聲波與氣流所構成。」從外表，沒有人看出這白貓是中空的，紙材糊出它的外形，保留了「容器」的內在，如一座音箱，只要牽動一根心弦，隨時都能聆聽樂音繚繞。這一刻，我全明白了。

　　世上的貓，無論真貓或貓偶，都有其存在的天職，我用小小圍巾將脖子圈住，修飾了白貓的身材線條。畢竟，完美的門面也是貓所追求的榮寵。

小乖的貓語錄

貓的形體，是聲波與氣流所構成。

貓物的
哲學與想像

穿襪子的貓

貓型的金屬盒子，是一隻黑背白腹、白肢的「烏雲蓋雪」。

 小乖的麻吉

國籍：英國
貓齡：25 歲
品種：金屬
尺寸：10×5×14 公分

二〇一三年，日本漫畫家TOYA YOSHIE出版了《靴下貓》系列，造成轟動，主角是一隻穿白襪子的小黑貓，立刻成為該年度最火紅的卡通偶像，各種周邊產品因應而生。

　　中文版在台灣出版後，也捲起好一陣「襪子控」現象，愛貓族紛紛回家查看貓腳墊的神祕花樣。貓當然不可能真的穿起襪子，而是平時飼主不一定留意到貓腳下的肉墊顏色，在發現之前，形同得先脫下貓的襪子一般，是一種「可愛」到不行的「傳神之聯想」。

　　貓穿襪子通常是因為毛色的巧合，使人類依「形」論斷。其中，以黑貓看來最為明顯。我的收藏品中有幾件就是這種穿襪子的貓，一個是平面木雕貓，這是用彩繪描畫出的貓；一個是貓型的馬口鐵盒子。它們都是為了表現白色的足，以灰藍與黑色的大面積身體，相對顯露突出的白腳。就像書中謎樣闖進家裡的小黑貓，穿著白襪演出了療癒系「靴下貓」的幸福滿滿故事。

　　其實不只黑貓，虎斑、三花、草色都有可能因基因遺傳的關係出現「穿襪子」現象。在我的故鄉自古有「白腳貓」的不吉利傳說；古早時代，知識不發，以訛傳訛常成了民俗信仰，人們對於眼瞳變色、走路無聲、夜行出沒的貓，視同妖魔鬼怪，但當時許多家庭為了捕鼠防疫而不得不養貓，若是花色貓還可接受，白貓、黑貓這種純色貓便敬而遠之，在「紅為喜」、「白為哀」、「黑為悲」的社會文化，純

色貓成了犧牲品，往往被棄養到野地自生自滅。

　　然而，古代的《相貓經》一書中，依毛色品相，純色貓被視為「四時好」，也就是主貴的好貓，純白貓叫「雪貓」，純黑貓叫「鐵貓」，黑背白腹、白肢叫做「烏雲蓋雪」，身全黑只四爪白叫做「踏雪尋梅」，並沒有白腳不吉祥的註解。我的兩件逸品貓尾尖都有白毛，這在《相貓書》中稱為「垂珠」。

　　記得童年除夕，張貼春聯是孩子的工作，廚房的米缸、水缸要貼上「六畜興旺」，我問六畜是哪些？媽媽回答：馬、牛、羊、雞、犬、豬。我說貓怎麼沒在其中？「六畜是人的忠友。」可是貓不也有捕鼠的功勞？「貓會飛簷走壁，有鬼氣，不能算。」

　　貓被無辜誤解的歷史，最誇張的就是辦喪事時，晚輩要為亡者守靈多日，這時一定會聽到「別讓貓跳過」的嚴正訓示，據說若有貓跳過往生者，其靜電會引動屍體起身，成為「殭屍」。這類恐怖的謠傳其實沒有人證實，真正的用意應該是叮嚀守靈人要打起精神，與亡者分享曾經的過往，留下美好記憶吧。

　　人的一念之間可悲可喜、可愛可恨，無論中外，人類曾經對貓寵信如神，也曾打入冷宮極盡虐殺，所幸現代科學昌明，很多不理性的傳說一一被顛覆了，人類應該解除貓的冤情，還以貓的清白。我想《靴下貓》的異軍突起、大紅大紫，其中一定也隱含了人類的贖罪。

平面木雕灰藍色貓，以彩繪
突出白色的腳足與尾端。

小乖的貓語錄

在人類文明之前，貓就擁有雷達
探測環境的鬍鬚，以及跳躍翻滾
形同魔術的超能力。

黑貓的耳朵、鼻子、四肢、尾
巴都有白色點綴，再穿上花彩
衣，真是俏麗如畫。

銀河鐵道的奇幻貓

全身彩繪線條與圖案的貓，帶給我若有似無的奇幻之境遇。

 小乖的麻吉

國籍：日本
貓齡：28 歲
品種：木
尺寸：8×6×15 公分

「搭火車」是我這十幾年來旅行方式的唯一選擇，原本以爲完成歐洲的行旅之後就可以不再動念，安靜地在家臥遊世界，但是難忘宮澤賢治的《銀河鐵道之夜》與松本零士的《銀河鐵道999》，對於鐵道之旅的嚮往成了我輕裝上路的動力。

在橫濱夜宿後，立刻趕搭新幹線到秋田市，這趟深秋之旅除了計畫賞紅葉外，最大挑戰是前往本州青森縣最北邊黃金崎的不老不死溫泉，這個瀕臨日本海的露天溫泉，據說就是徐福尋找仙山最後落腳的地方。倒也不是因爲這樣的傳說打動我，而是一般旅客要抵達這裡，需要從秋田換搭 JR 五能線的小火車到椿山站，八小時的遙遠路途使這個人跡稀少的溫泉充滿了神祕與不凡，觀光團之外，就連日本遊客也難來造訪。然而，鐵道的魅力深深吸引著我。

旅館派車到椿山站來接。下午兩點鐘，天候陰晴不定，四處靜悄悄，只聽到海浪翻飛的濤聲。下塌後，隨著旅館主人的帶領，往海岸礁石處走，就看見兩池面向大海的露天溫泉，一個是女湯，另一個葫蘆形的則是男女混湯。當太陽露臉的時候，含鐵質的溫泉反射著澄黃的閃光，就像在藍色海邊鑲了兩面金色鏡子，但最大的驚奇是當人們泡在溫泉中，眼看洶湧的巨浪就要捲上來，卻忽然在你面前息止，只獻上一些些細碎的浪花，彷彿那就是大海的憐愛。

礁石上，盤旋著覓食的海鳥，牠們成群在你面前表演飛翔舞姿，

孤鳥則奮力與浪頭一較高下。在海天一色中，人被這雄偉的一切緊緊擁抱了，融入了夢一般的朦朧之境。直到露天溫泉開放時間已屆，我們才不捨地起身回到旅館。

這個與海平線等高的不老不死溫泉，除了兩棟旅館設備外，再沒有其他的人工建築了，放眼望去就是一片大寂，真的是「不老不死」的最佳境界吧。原來只為了鐵道旅行的我，意外地在這個溫泉景點體會了「時間凝住」的神奇經驗，彷彿讓我搭乘了「銀河鐵道」的列車，直奔璀璨神祕的「天鵝島」與「上新世海岸」、「南十字星車站」……

在旅途中補鳥人問：「你們要去哪裡？」

「天涯海角。」

「那剛好，這班車哪裡都能去呢！」

閱讀宮澤賢治這樣寫的年幼的我，心中藏著一張萬能車票，如今親訪這不老不死溫泉的驛站，搭上銀河鐵道的列車，遇見宮澤筆下的喬萬尼與他的朋友康佩內拉，我將隨著他們前去不知處。忽然，火車行經夜空中出現的一棟旅館時緩緩停住了，我看到一隻貓偶，立在月台，彷彿特別來迎接我的到來。但它很小，幾乎不被注目，全身交錯著五彩線條與圖案，眼神渙散，一點都沒有貓的慧黠與敏銳。我被這份沉重牽引下了車，不料竟一腳踏進了旅館內，眼前的貓變成櫥窗等候出售的禮品。我被這奇幻的一幕驚呆了，等回過神，列車已經急駛

而過，貓姍姍地上前對我說：「看啊，那就是『南十字星』，剛才就是『南十字星車站』。」我們一起仰望天空閃閃發亮的十字星群，好像一切都沒有發生。

　　我沒忘記，「銀河鐵道」是帶領死者靈魂回歸天國的哀傷列車，但作家始終相信，在生的對岸就是永恆的存在，南十字星車站也等同於生死兩界的交會點，是來也是去，是輕也是重，是五彩也是黑白，是小也是大……。我欣賞著這從不老不死溫泉帶回的五彩貓，總是難忘我們相遇的奇幻。

小乖的貓語錄

如果說鳥釋放了人類禁錮的自由渴望，那麼貓則成就了人類對圓融的嚮往之夢。

貓背影宛如一幅幻影之畫。

童話裡的貓玄機

 小乖的麻吉

國籍：台灣
貓齡：22 歲
品種：木
尺寸：黑貓書架 41×23.5×54 公分

貓手數著念珠，口裡唸唸有詞，這奇異的行為吸引了牆角落躲在洞中的老鼠兄弟，牠們仔細窺探貓的行徑，不解地互相討論：

　　「很少看到貓眼睛緊閉，卻不是在睡覺。」

　　「那牠到底在做什麼？」

　　「『阿彌陀佛……』這好像是經文呢。」

　　「在唸佛經？別說笑了。」

　　「也許貓被感化，改邪歸正了。」

　　「既然一心向佛，那牠已經茹素、不吃葷了？」

　　「應該是如此。」

　　「那牠不會吃了我們吧。」

　　「我想也是，我們出去與牠交個朋友。」

　　於是老鼠兄弟決定走出洞口，和貓打招呼、握手言歡。沒想到貓丟下念珠，立刻壓制老鼠兄弟，得意地說：「終於引你們出洞了。」

　　「出家人受戒是不打妄語的！」老鼠兄弟企圖勸貓良心發現。

　　「肚子餓了沒辦法。」

　　老鼠兄弟最後當然葬送在貓的肚腹裡。

　　在《伊索寓言》裡，以動物擬人化的故事占有相當比例，其中又以「貓」的題材最多，尤其是「貓與老鼠」的篇章，簡直成了該寓言

的經典之作，而貓總是那個獨裁、不講理、鴨霸的強勢者，老鼠則扮演被欺壓、受難的犧牲者，藉以諷刺善惡的社會現象。上面的故事藉貓反應了「本性難改、詭計多端」的奸詐小聰明，藉老鼠形塑「善良單純者易入陷阱」的悲劇，可見當時人類對貓的態度是「嫉惡如仇」，故每每加諸貓的形象為壞心腸、邪惡魔、害人精、詐騙鬼。

一再被醜化的貓隨著「寓言」的傳播，其黑暗時代在歐洲長達數百年之久，處處是迫害、虐殺的事件。當貓面臨絕種之際，溝鼠大量繁殖，結果造成鼠疫大流行，促成歐洲「黑死病」的全面蔓延。直到十七世紀，貓才重回人類家園，以老鼠天敵身分服其勞役，平反了貓被人視為惡魔的冤屈。

《伊索》之後，出版於十九世紀初的《格林童話》已經看不到負面貓的故事，反而貓的角色都化為具啟發性的智者或天使，如〈傻子約翰與幸運貓〉，內容敘述磨坊主人雇用的三個學徒出門旅行，誰帶回最佳良駒，就能繼承財產。三人出發後，其中兩人認為約翰是個傻瓜，便商量把他丟在荒郊野外。走投無路的約翰巧遇一隻貓，帶領他到附近的破屋，並鼓勵他：「努力工作七年，就會得到最好的馬。」約翰奮發圖強、自力更生，建築、墾荒、耕作無所不會，把一座廢墟變成堅固的城堡，荒地也成了田園。七年後，貓履約給了他七匹良駒，約翰完成了雇主的使命，不僅繼承了磨坊，還迎娶城堡主人……，原

來化身爲貓的是美麗的公主。

　　《格林童話》的作者是德國格林兄弟，他們也是從民間文學、民歌民謠入手，創作出兩百多篇文章，針對「兒童與家庭」，角色從動物到人類，內容多爲人性的對照，包括懶惰、懦弱、勇敢、堅強、是非、正義、善良、貪婪，表現複雜的處世哲學，營造讀者的想像空間，並賦予啓蒙式的教育意義。

　　貓是任何文類的最佳主角，無論時代怎麼變化，貓始終是作家筆下的玄機，幾千年來，貓創造了歷史，也成就了自己。

小乖的貓語錄

恨貓的人，大都是因爲受不了貓一身傲骨與所散發的優越感。

陳文發 / 攝

太虛雲遊

 小乖的麻吉

國籍：美國
貓齡：21 歲
品種：軟木
尺寸：35×2×24 公分

貓的天職是「遊戲」與「睡覺」，在這一動一靜之間，貓能比擬脫兔，也能不動如山。就像這幅以大大小小物件為主題的畫作，我們卻只被靠在墊子上沉沉入睡的黃虎斑貓所吸引。每一個比貓來得華麗、亮眼的東西都成了舞台背景，而貓才是焦點。

　　這是一張餐桌墊上面的貓圖畫，我所收藏的貓畫餐墊大多是四個、六個一組，也有十個、十二個一套，只有這張餐墊是單件。它們都以木屑合成的薄板襯底，上面鑲上畫作，再施明膠防水固定。平常並不會真正拿出來使用，而是排列在廚房工作台的壁面，當成畫作來欣賞。

　　貓畫餐墊當然是把貓當主題，如果有旁物，也是占很小的比例，唯獨這張餐墊，貓融入物件裡，也活出靜物外。繪畫中運用瓷器的冰涼、脆弱來襯托出貓執著又溫柔的性格，而美輪美奐的瓶盤紋飾、畫框裡的花卉、精緻布料的靠墊、彩麗的木刻野雁、擬真的動物玩具以及精裝的書冊……，這些組成全為了這沉睡的奶油黃貓而存在吧。

　　據說成貓一天要睡十六個小時，老貓要睡二十個小時，如果飼主常常不在家，貓只好時時入夢會周公、雲遊太虛、出入四度空間，想像著老祖宗時代的野性生活，以慰寂寞失落之心。牠們睡在時間之河，睡在夢中之域，睡在奧妙之城，睡在海洋之流，睡在銀河之夜。

小乖的貓語錄

貓是進退有據的動物，牠固執己見，井然有序，清潔如癖，敏感而有自尊。

滿座

專門出品木雕小動物的日本品牌，每年推陳出新，以實木手工的溫度感博得人心，簡單的線條更是視覺焦點。

 小乖的麻吉

國籍：日本
貓齡：4 歲
品種：木
尺寸：4×4×8.5 公分

在收藏數百件貓逸品的過程中，起初都是擺放在案頭、書架、櫥櫃這些可觀賞的地方，尤其是大型逸品，更要騰出一個聚焦空間又不被干擾的角落供起來，以彰顯其特色與美感。

　　也曾趁著裝潢屋宅的當兒，請設計師規畫出陳列專櫃，可是數量的增加如同細胞分裂，不一會兒就滿座，只得依照時間先後，把舊的封存在箱子裡。如此一個個堆疊的紙箱占滿了儲藏室，早就忘記哪隻貓收納在哪個箱子。所以當我允諾相關單位要做藏品邀請展出時，我真的很頭大，身陷大海撈針，跟著它們捉迷藏似的，但往往是「錯誤的記憶」，最後只得全部拆箱檢視，弄得家裡總是狼狽不堪。幾次經驗後，我學乖了，開始分類，佐以登錄的方式來做收納管理。

　　要談收藏品的管理，那是一項專業學問，我這微小遊戲其實用不到。比如古代將藏品一分為二：軟件與硬件；軟件指的是可以「捲起來」的東西，如書畫、絹繡等，除外，其他的就算硬件了。當時的收藏品主要針對所謂的古董、古玩，都是價值連城的稀有寶物，所以相對單純。後來的分類因範疇廣泛，收藏的意涵從「財富指標」來到了「生活品味」，於是分類也就逐漸清晰明確了，如分藝術品、工藝品、複製品、仿品與贗品；更細膩的則從其形制、材質、年代做出端倪。

　　我的微小遊戲該怎麼分類才恰當呢？於是先從「材質」下手，分出木質、金屬、布料、玻璃、陶瓷，幾乎就是含括了「金、木、水、火、

土」的五行，心想只要五個箱子就可以安置，但實際收納時，發現很難擺平，顯然太過籠統使得藏品無法有效管理，每次仍須翻箱倒櫃尋找。於是再細分成民俗類、玩具類、文具類、實用類、擺飾類、雜貨類、穿戴類，如此以為已經足夠，但以民俗類為例，光「招財貓」就有兩百多件，只好將件數超多的單獨成立，如家族貓、名家貓、睡貓、飾品貓、餐桌貓、月曆貓、擬人貓、卡通貓、豆貓……，一如祖譜的樹狀分枝圖。我的貓收藏就像「滿座」的人生，熱鬧喧嘩。

小乖的貓語錄

年年是貓年，日日是貓日，每一時刻都是好心情。

跟著小乖觀察喵星人

雖然我現在名草有「主」，但其實我一出生就被遺棄在路邊，也曾體驗過街友們露宿街頭的苦情，不過有些街貓對於流浪這回事還是很怡然自得的。你家附近也有流浪的街貓嗎？可以觀察一下牠們的生活型態喔。

街貓觀察記錄

· 最常窩在哪裡？

· 拍下或畫出牠最吸引你的姿態

· 對人類的態度如何？

畫圖或照片

書當枕、書當座

貓喜歡占據主人書房，紙本永遠是貓最愛的地盤。

 小乖的麻吉

國籍：法國
貓齡：30 歲
品種：木
尺寸：3×16×6 公分

如果有一天紙張全被消滅了，沒有紙本書、沒有報紙、沒有雜誌，甚至沒有紙袋、沒有紙箱、沒有紙抓板……，紙張從這地球消失的時候，也就是樹木被砍伐殆盡，貓要怎樣生活呢？貓討厭塑膠、拒絕石化；貓懷念自然，最愛紙張的東西，沒有它，貓一定很鬱卒。

自從改用電腦書寫，我就沒有購買稿紙的機會了，那些三百字一張、六百字一張的格子紙張，曾經是貓最愛的地盤。牠們上了書桌，總是輕易找到我已經填滿劇情的稿紙，穩當地踩上四足，也許嗅到了墨水味，也許是要跟我的文思較較量。總之，占到了這些我書寫中或已完成的稿子，牠會適意地躺下來，用更大的身體面積擁有。

稿紙從桌上消失後，我以為不再有工作被貓中斷的困擾了，沒想到貓比我調適得更快。牠們趴在鍵盤，不僅遮住螢幕，可能弄亂了檔案，甚至踩在書頁，爭著與人共讀。

貓的字典沒有「勤勞」這個詞，牠們鄙夷工作狂，所以絕不會說抱歉，且時不時地提醒生活的定義：自在遊戲，冥想放空，安眠作夢，醒來閱讀。

真的呢，貓清醒的時刻，無時無地不在「閱讀」；野貓觀察自然界，寵貓觀察家居，有書當枕，有書當座，可以說，貓的意識裡迷戀有傳遞功能的文字，而紙張正是貓生活地盤的精神標記。

小乖的貓語錄

貓是只接受安適、拒絕家累的明智者。

書當枕、書當座　|　115

書中的黃金屋

貓也信仰開卷有益，書與貓的結合如此天衣無縫。

 小乖的麻吉

‧‧‧‧‧‧‧‧‧

國籍：奧地利
貓齡：23 歲
品種：陶瓷
尺寸：9.5×9.5×25 公分

貓對於紙張向來喜愛，尤其是主人的報紙、信件、書籍、稿紙、卡片……，那些印刷了文字與圖片的大世界，怎可錯過？一定要貼靠上去磨蹭磨蹭，瞧瞧是什麼光景。除了宣示占有其地盤，更多的是挑戰窺探的意識，貓知道人類的文明知識，很多是靠紙本的傳播得來的。

　　因此，開卷閱讀是家貓的生活樂趣之一。在書中，貓看到一些軼聞紀錄，寫的竟然都是大人物的「貓事」。比如美國白宮裡，很多任總統都與貓共度美好歲月，林肯的貓名叫泰比；羅斯福給兒子寫的信中，通篇詳述愛貓湯姆・夸特一日的活動情形，似乎以此沖淡對兒子的思念；甘迺迪的小女兒凱瑟琳與兒子約翰養了一隻名叫湯姆的貓，當湯姆去世時，他們還在華盛頓的報紙上刊登訃聞，上面寫道：「牠不像很多人一樣久居高位，也未曾為自己在白宮中的歲月出書立傳，雖然牠參與了許多公務機密，卻從未有人向牠詢問政事。」

　　英國維多利亞女王也是著名的貓迷，她在伯明罕的皇宮中養了一隻名叫白喜爾的貓，當維多利亞女王去世後，這隻貓就由繼位者愛德華七世繼承，依舊在皇宮中過著優渥的生活。

　　俄國腓特烈大帝、法皇路易十二以及天主教教宗利奧十二世都是愛貓一族。教宗最喜歡的是一隻紅灰色底配上黑色條紋的貓，名叫米西多，當教宗在梵諦岡為朝聖者祈禱說道時，還將米西多緊緊摟在罩袍內。教宗去世後，米西多由法國大使茄易普利恩領養，大使總是盡

其所能地想讓牠忘記外放的痛苦。他在日記中寫道：「我讓牠到以前經常散步的地方，隨意走動。」

除了當權者對貓情有獨鍾，各行各業也有許多大人物對貓寵愛有加。物理學家牛頓曾為心愛的兩隻貓蓋了穀倉，為了讓牠們能自由出入，牛頓還因此發明了「貓門」，這個精巧設計嘉惠了後人與貓的美滿生活；愛因斯坦與醫師史懷哲也都是愛貓族，他們在貓的身上找到去除疲憊與工作壓力的良方。

英國首相邱吉爾曾有一隻名叫傑克的貓伴隨左右，傑克去世後，邱吉爾的家人又養了一隻，同樣取名傑克，讓邱吉爾的懷想寄託在傑克貓身上。愛貓者還有如英國哲學家邊沁，據說他早年生活荒逸不羈，後來受到愛貓影響，變得莊重而有思想，三餐都邀請貓上桌共餐，是歐洲最早發起「動物權利」的支持者之一。在他受封爵位時，貓也一起分享他的榮耀。

樂於開卷的貓，在飽覽種種「人間貓事」時，或者有一天也會想要成為作家寫手，來記錄一段貓的史觀。

小乖的貓語錄

寵貓的人，也懂得寵自己，
這是人向貓學來的祕訣。

月亮臉貓咪，是維也納插畫家 Rosina Wachtmeister 最膾炙人口的作品，她以洋溢奇幻的作畫風格聞名全世界。

大寂無聲

 小乖的麻吉

國籍：日本
貓齡：40 歲
品種：瓷
尺寸：16×8×33 公分

面無表情的白貓定靜如磐石，
正在享受大寂境界的「無」。

白貓是貓界的一顆恆星。這麼說是因為牠們稀有，人們對於「單一色」的貓情有獨鍾，黑貓有強勁、神祕的觀感，白貓則格外顯得柔弱、動人。追溯遠古野生的自然世界，貓生活在沙漠中，毛色必須不明顯才有存活機會。那時，貓一律是咖啡色條紋的圖案，以隱藏在樹叢中不被強敵發現，就算基因突變生出其他顏色或斑紋的貓，也會因為太顯眼而遭到自然淘汰。

　　如今，貓的毛色五顏六色，那是在貓走進人類社會、接受人工飼養保護後才有的歷史。千變萬化的毛色中，最有趣的莫過於從未見過腹部黑、背部白的貓，或腹部有花斑、背部單色的貓；造物者彩繪貓的方式有如將顏料從站立的貓背上淋下去，顏料多寡決定它滴垂定色的範圍，所以若腹部有花色，背部絕對更多、更繁雜。

　　花貓帶給人們視覺震撼與陶醉，一如大氣潑墨、寫意小品或繽紛織錦，不同斑紋造就每隻貓獨一無二的容貌與儀態。在貓美學中，看來十分單調的單色貓並沒有因此遭受排斥，反而成為人們眼中的不凡嬌客。

　　很多人都知道藍眼白貓有遺傳性的耳聾缺陷（橘黃眼睛的白貓則不會），即使獸醫也愛莫能助，因為藍眼白貓出生數天後，內耳蝸就開始退化，且終生無法復原，有此殘疾的母貓哺乳時常聽不到幼貓呼叫，忽略了幼貓需求，成為不稱職的母親。一胎中若有白色仔貓，那

麼這仔貓也無法避免聽力缺陷的宿命。因此，生物學家都呼籲盡量避免繁殖，如此聽力正常的橘眼白貓數量就會愈來愈多，最後耳聾的遺傳在幾代之後便徹底消失。

不過藍眼白貓的命運並非悲劇，飼主與貓之間自然會產生補償能力，彼此透過經驗的學習與適應，某個姿勢或眼神就能取代「聲音」的交流，並不影響親密關係與溝通系統。或許因為少了聲音干擾，白貓的內在處於一片「寂然淨空」，以致牠們特別「趾高氣揚」，對人類的呼喚、言語一概當耳邊風，絕不理睬，這時可不要會錯意，不是牠瞧不起人，而是白貓奉行「大寂無聲」的經典風格。

在貓逸品中，白貓一樣少見。我早年曾經遇到一雙瓷貓，全身白色，面無表情，高高在上有如神祇，九二一地震時竟跌壞了其中一隻，對我來說，這是非比尋常的失落；成了孤零零的這白貓卻安慰我：何必心痛，生命的存在本來就是要學習不斷的「失去」。貓的心傳，也是到了初老之後的我，才真正懂得了。

小乖的貓語錄

溫柔、慈悲、凶殘、冷酷，
貓具備了人性中的一切。

白貓總是顯得趾高氣揚、目中無人，其實是它們經常處於「寂然淨空」的境界。

霧面水晶貓，立姿、神態都屬經典。

孤立者

 小乖的麻吉

國籍：德國
貓齡：30 歲
品種：磨砂玻璃
尺寸：8×8×16 公分

冰雕一樣的貓站在那兒，睥睨天下，它好像看到我了……。在機場等候轉機的當兒，我徘徊在商店街，本來只是為了打發無聊、隨便蹓躂，不料忽然受到「注目」，整個精神抖擻起來。

　　這隻水晶玻璃貓除了剔透晶亮的底座外，它全身被磨砂成霧面，這樣的製作非常稀有，而我彷彿受到招喚似的，走進了飾品店家，一路來到這孤立一隅的貓面前，它的神情就像一面鏡子，照映出孤獨如我。我們用凝視之眼互相在窺探，忽然我就情不自禁地對它說：「想一起去旅行嗎？走啊。」

　　它一定是感受到我真誠的邀請，竟然就讓櫃姊把它從高處請下來。找抱抱它，才十來公分高的水晶貓卻沉甸甸像灌了金砂。貓說：「重量不也表示物超所值？」它毫不猶豫跳進我的肩包，開始我們的相伴之旅。

　　很多時候貓都是在選主人，即使只是購買你想收藏的貓逸品，我相信也意涵著「被選擇」的機緣。在貓逸品中，水晶或鉛玻璃的材質通常都價格不貲，由於其剔透的材質最能描摹貓的內在情緒，甚至表現貓的語言，無論是用抽象或具象的方式。以這隻孤立者來看，它露出的前足多麼堅毅，看不見的後足則被曲捲的尾巴覆蓋，流線的身材彷彿能感覺到那豐厚柔軟的被毛，臉上的一抹定靜就是孤獨者的標記。

小乖的貓語錄

貓選主人，而不是人選貓。

要把六隻貓放進鍋子並且蓋上鍋蓋，得花點心思。

貓鍋疊疊樂

 小乖的麻吉

國籍：日本
貓齡：2 歲
品種：塑膠
尺寸：貓 6×3.5×3 公分，
　　　鍋子直徑 11× 高 7 公分

貓睡在鍋子裡，不是要煮牠們，是有一個居住在日本農家的愛貓族，偶然發現他家的六隻貓紛紛躲進廢棄一旁的「砂鍋」裡，本來一隻就爆滿的位子，竟然擠進三兩隻，成為疊疊貓，實在可愛至極。

　　這位貓主人於是準備各種尺寸的砂鍋，果然屢試不爽，大貓小貓都搶進「鍋」裡睡覺或「占鍋為王」。於是他開始記錄，書寫「貓鍋」的來龍去脈，連同萌樣的圖片出版成書，引爆了「貓鍋」的沸騰話題，透過網路傳播，全世界的讀者無不為之動容。這位發明「貓鍋」的暢銷作家愛貓愛到「名滿天下」，可謂是「福至心靈」。

　　貓對「容器」十分偏愛，無論紙箱、紙袋、盆子、籃子或浴室的「洗臉槽」，凡是可形成「凹處」的，貓都嚮往，並且身歷其境，非要跳進去「躲貓貓」不可。

　　但是，要把五隻貓通通放進這個直徑十一公分、高四點五公分、連鍋蓋七公分的鍋裡，可不是那麼容易了。這是從「鍋貓」衍生出來的「玩具」，鍋子大小只一個大人的手握。五隻貓的身形各一，它的設計是，運用身形凹凸的拼奏，可將五貓併成一鍋，並且圓滿地闔上鍋蓋。

　　如果不是深入觀察貓的體態學，難有這樣獨出的創意。實際上，有多貓家庭的愛貓族一定看慣了貓們愛擠成一團的行為，平常只覺得好笑、稀鬆平常，反而不知貓的生活處處是人們可學習的創意呢。

這個「貓鍋玩具」等同「立體拼圖」的遊戲，雖然熟悉五隻貓的固定姿態後，難免會「偷呷步」，可是因為貓太可愛了，人會一次又一次掉進選擇性的失憶陷阱，忍不住再試試身手，把鍋蓋打開，倒出五貓，計時重來，挑戰幽默的一回益智吧。

貓鍋疊疊樂是可愛的「益智遊戲」。

小乖的貓語錄

貓的藝術就是自己浪漫。

跟著小乖觀察喵星人

我們貓咪對於某些東西總有某些堅持的執著，例如有的最愛在主人工作時占據他的鍵盤，有的大刺刺地躺在餐桌上，有的甚至跑上神桌。沒辦法囉，我們就愛找地方窩著。你家貓咪喜歡蹲哪裡呢？

· 我家喵星人最愛蹲踞的地方：

· 請貼上牠占地為王的照片：

貼照片

灰色虎斑貓賈寶玉是貪愛陽光，還是去遊歷書中情結，不願醒來？

夢紅樓

 小乖的麻吉

國籍：美國
貓齡：15 歲
品種：毛絨
尺寸：25×20×11 公分

模擬真貓毛茸茸的貓偶設計，為的是取其「像」，但那是最難的，尤其是貓這種機伶生物。除了外表皮毛之外，貓的五官、軀體、四肢、尾巴等都各有其情緒表達，加上控制貓整體行為能力的「貓腦」，更是左右其思維的樞紐，這些既影響貓的姿態，更牽動貓的感受，使人類之眼無法看穿貓的真正「面貌」。只能說，玩具業者的製作，是從刻板印象中取材而已。

　　所以這隻酣睡在夢中的灰色虎斑貓，我給它取名「賈寶玉」，意味著石頭投胎，在賈（假）家成為「賈寶玉」，可是南方的甄（真）家也有一個「甄寶玉」；這就像鏡中看自己，有一個真實與一個幻象的對應。

　　無論它擺在哪裡，這副「管他天塌下來！」的模樣倒是很討喜，朋友見了都忍不住要上前摸摸他，問是真貓嗎？小孩則想抱抱它，嘴裡叫著：「灰太郎、灰太郎。」

　　這種毛茸茸的貓偶，大大小小我有十多隻，全來自餽贈。收藏這類逸品，需有相當的陳列空間才行，如果疊放很容易壓壞變形，若不加包裝外罩，馬上招灰塵或退色。最好的處理就是要把「玩具」變成「消費品」，不怕它的陳舊或崩壞，甚至被丟棄的命運。

　　賈寶玉屈捲四肢靠在書堆上，尾巴還來不及收，放任地垂在一旁，這種睡姿並非怡然自得，看似為了貪愛的陽光臨時起意吧。但它緊閉

雙眼，彷彿掉進字字句句的書中情結，要親自遊歷那生命真相的太虛幻境，任性得不願醒來。

　　賈寶玉的背上有一個隱藏的暗門，隨手壓壓它就會「喵喵喵」的出聲，可是明明是沉睡中，怎麼會有叫聲？嚇到了不明就裡的孩童。原來是安置在皮毛下的機關盒子，裡面放了電池。果然就是個「玩具」的設計，不必有邏輯。

小乖的貓語錄

貓玩偶是人間樂園的希望天使。

令人莞爾的五貓「逍遙派」。

逍遙派

 小乖的麻吉

國籍：日本
貓齡：29 歲
品種：瓷
尺寸：5×3×2 公分

如果這是一盤端到你面前的派餅，相信愛貓族一定憤起抗議，但躺在盤裡的貓可自在地陶醉夢中，全身上下輻射出甜蜜幸福之光，讓人嫉妒又羨慕它們的逍遙主義。

　　貓向來不管天高地闊，也不理會人類的看法或評斷，牠們天生是審美家，不必受教就能找到完美的方式融入這個世界，並盡情享受生命，我因此封貓為「逍遙大師」，將這幾隻在餐桌上擔當「筷架」的貓（儘管工作在身，還是一派輕鬆，把身體彎成可緊密依偎的曲度）置於盤中，做出一個視覺很可口的「逍遙派」，以呼應貓的幽默感。

　　這五貓大小相等，想必來自同一母貓之胎。在我的年代（一甲子之前），仔貓出生後，必有母貓哺乳、養育、教導，仔貓也必有兄弟姊妹為伴，依偎、遊戲、爭寵、吵鬧……，直到學會基本功夫，通過母貓鑑定後，才有資格被新主人認養，這才離開家族去開創新生活。

　　這種充滿親密關係的貓家庭在現代社會幾乎已經絕跡，若想窺探其中奧妙、體會家貓的自然生活，有一篇寫於一九三三年的文章是有史以來最膾炙人口的貓文學，即捷克文豪卡雷爾‧恰佩克的〈不朽的貓〉。光看題目以為是歌頌貓神的見解美文，沒想到竟是描寫母貓普朵蓮卡一年之間生產十七隻小貓的故事。一般貓每年分娩兩次，普朵蓮卡卻像超自然的奇貓，不分季節，一年要懷孕三、四次，到牠過世之前，總共留下二十六隻後代。而後普朵蓮卡二世（普朵蓮卡的女兒）

完全繼承母親的多產性，在兩年三個月內綿延了二十一隻。負責推銷小貓給鄰居、親友、同事的作者，甚至逢人就問：「你想不想要小貓？」

聽到對方搪塞地問「怎樣的小貓？」時，作者通常這樣回答：「還不知道，不過我想應該又要生小貓了。」

不久，作者發現大家都在躲著他，他寫道：「一定是大家都在嫉妒小貓為我帶來的幸福。」

接著，剩下沒人要的小貓留在家中成為普朵蓮卡三世，生了第一胎五隻後，作者又開始忙著問：「你真的不要小貓嗎？」要為普朵蓮卡三世、四世……這些未來的小貓尋找親家。

這篇五千多字的散文收錄在作者過世次年才出版的《家有貓狗趣事多》一書中，該書所編輯的文章，都是他生前與貓狗相處的生活實錄，他不僅愛貓，也愛狗，是少數對貓狗沒有偏見、能理解、並毫無矛盾地去愛他們的人。

「逍遙派」裡的五貓舒舒服服地睡著，悠哉悠哉地作夢，每每看到這，我就聯想起這篇歷經八十三年而難以忘懷的〈不朽的貓〉。看過這篇世代家貓繁衍的生活隨筆，勝過熟記動物學家所告訴我們的：一對成年貓在五年內，可以繁衍出兩千隻的子子孫孫。

在我成長的年代，家貓都是採開放、自然的餵養方式，所以孩子很早就接觸「生命體」，從母貓懷孕、生產、養育、調教……，「愛

生哲學」的概念從耳濡目染的生活中建立，動物其實扮演了人類的最初老師，給予情感教育的雛形。雖然貓的繁殖力強，但大自然自有它的律則，古早年代，也沒聽過貓隻氾濫成災的新聞，科學家的數據不過是假設把貓關在一起的因果累計吧。

　　恰佩克的家貓故事儘管描述了小貓太多造成飼主的苦惱，但作者始終沒有因為如此而計畫把小貓遺棄、流放，他盡情地凸顯母貓無怨無悔的使命情操、小貓自由自在成長的天真無邪，以其行雲流水的文采，留給世人珠玉般的傑作，教我們看待眾生平等的生命觀。

小乖的貓語錄

貓和人甚至比兩貓之間的關係還親密。

仰躺露出肚腹的貓安享午後陽光，它們其實是餐桌上的「筷架」。

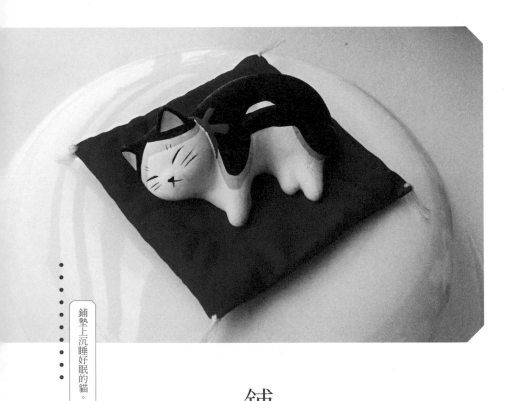

鋪墊上沉睡好眠的貓。

鋪墊的
分寸之間

 小乖的麻吉

國籍：日本
貓齡：20 歲
品種：陶瓷
尺寸：7×5×2 公分

家貓的行止坐臥中，最獨特的就是一定要找個鋪墊，一本書、一張報紙都好，如果這些東西正好是主人使用中，那更要占有，一起分享。所以，筆電、鍵盤、電視機……這些分明不舒服的硬物，貓也絕對沒關係；如果主人不在家，那就隨意選擇軟臥吧，但此時的貓仍然需要一塊「鋪墊」的意識，強烈主宰著貓對於「壓縮」自己甚至化身「無形」的虛幻美學。

　　貓的執著常令人不可思議，「鋪墊」意識，可理解成貓在動靜之間尋求的「距離區隔」。牠們的原始野性需要天寬地闊，但進入人類社會之後，僅能屈居在侷限家屋，尤其是都會的高樓大廈裡，從窗口「借景」遙望祖先世界。但回到現實世界時，牠們便「借物」以擴張想像，儘管是一張小小鋪墊，卻能帶牠們馳騁到宇宙大荒，自己愈小，周遭便愈大，牠們樂於透過「鋪墊」的阻隔與重疊，凝聚於一的思考。或者說，貓追求的肌膚感受，除了與主人耳鬢斯摩的親密外，牠們與物的碰觸需要有所「分寸」，以提醒牠們「唯我獨尊」。

　　講了這麼多的分析，畢竟這只是我的推理而已，貓可能不予置評、不予領情，甚至嘲笑我的鋪墊貓之收藏。

小乖的貓語錄

貓懂得距離的美感，
他們從不愛得過火。

即使遊戲，最好也來
一塊鋪墊。

小乖的麻吉

國籍：台灣
貓齡：28 歲
品種：瓷
尺寸：直徑 14 公分

群貓譜

「群貓譜」的角色都進入了不朽之境。

舉世有許多愛貓的名人，其中以英國作家艾略特為貓所寫的詩作〈群貓譜〉（又譯〈老負鼠的貓經〉，老負鼠是艾略特的綽號）最廣為流傳。這首詩經過英國作曲家安德魯・洛伊・韋伯改編成音樂舞劇《貓》，自一九八一年公演以來，歷經二十多年票房始終長紅。

這首留名青史的貓詩中有這麼一句：「貓，是類人又不類人的生物。」這是認為貓的每一件事都不尋常且難以捉摸理解的作家為貓所下的「定義」。自稱很懂貓的艾略特認為，替貓取名就該「不得了的慎重」，千萬別「兒戲」。大師說每隻貓都需要三個名字，首先要有一個聽起來毫不做作的俗名，接下來是特殊而尊貴、僅屬這隻貓、而且讓貓聽見呼喚就能引以為傲地把尾巴翹得高高、鬍鬚挺得直直的那種名字才行，第三個則是不為人知、由貓在冥想時自己所取的一個莫測高深的奇妙名字。

一如古代文人皆需至少三個名字：正名、字、號，有的還外加小名，想來大師把貓尊為雅士，應是其來有自。這個偶然在地攤成堆的瓷器中發現的藍色盤子，盤面有十一個像人的貓或像貓的人，活生生是「群貓譜」裡的角色，一本詩作的不朽就此進入了我的收藏世界。

小乖的貓語錄

貓總是以自信的腳步跨出，從未表現猶豫或瑟縮的神態。

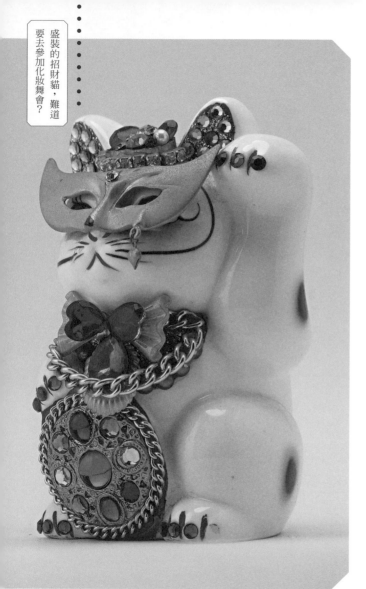

盛裝的招財貓，難道要去參加化妝舞會？

祕密

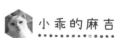

小乖的麻吉

國籍：日本
貓齡：26 歲
品種：陶瓷
尺寸：9×14×9 公分

擦著五彩指甲油，繫上紅寶石領結，額頭一片亮晶晶，還戴上了金色眼罩……，這隻招財貓很不一樣，全身裝扮得眩目華麗，讓人看不出招財貓原來的祈福「使命」，只想跟著它一起出席舞會，去看看貓咪的搖擺恰恰。

據說貓在午夜時分會有「貓聚」的習慣。古早時候，鄉下或農村的家貓都採開放可自由出入的飼養方式，所以一到夜晚，附近的貓就會自動來到某個地方報到，比如穀倉角落或戶外的電線桿、垃圾箱、屋頂……，多則十幾隻，少則三、五隻，端看周遭的貓口數量。但這種現象是指貓進入人類文明生活之後，如果是野貓的原始時代，牠們依賴森林打獵維繫生存，無時無刻面對艱苦的挑戰，哪有閒暇互串門子？再則貓有強烈的領域性，誰也不能侵犯誰的地盤。可是與人類生活之後，貓已經棄守獨來獨往的個性，學習了人類社會的融和與親善，往往趁著去參加約會的路線，先做一趟方圓巡視，除了觀察環境，也順便了解動靜。

在韋伯的音樂劇《貓》裡就有一場群貓夜聚的描寫，凸顯出各個貓角色的命運與個性，這是全劇高潮所在。現代寵物貓和人類親密依偎，住在高樓大廈裡，牠們享受飯來張口的禮遇，卻也失去了到戶外查訪、巡視、交朋友的空間，午夜的「貓聚」算是神話了。

這隻盛裝的貓正準備參加人類的舞會，還是貓的聚會？我想問問

它，但眼罩不僅遮去了它的神情，也拒人於千里之外，貓的心思永遠
是人猜不到的祕密。

在現今流行的「網聚」之前，貓
千百年前就有午夜「貓聚」的活動。

小乖的貓語錄

貓的神祕性，超越了
人類的智慧領域。

跟著小乖觀察喵星人

說到我們貓咪生活中最大的樂趣,當然是睡覺囉,如果我一天沒睡個十四到二十個小時,心情可是會很鬱悶的。什麼?你問我的睡姿嗎?為了保持我的紳士形象,這裡就不公開了。但我看過很多貓咪的睡姿,有的側躺,有的大字型仰躺,有的蜷縮式臥躺,可說千姿百態啊。你家貓咪採取什麼姿勢睡覺呢?貼上一張你覺得最爆笑的睡姿照片讓我瞧瞧吧!

我家喵星人睡相觀察記錄

· 一天睡幾個小時?

· 最爆笑睡姿照片:

貼照片

人類對貓有錯綜複雜
的情結。

太陽與貓

 小乖的麻吉

國籍：加拿大
貓齡：25 歲
品種：壓克力
尺寸：7×5×9 公分

在古老時代，貓曾被視爲與太陽一樣崇高不可及的地位。

在很多貓書或文獻中，經常可見到這張有太陽光環的黑貓繪畫，這是法國畫家史丹林（Steinlen, 1859~1923）最爲經典的一張貓作品，它被大量複製在各種不同商品上，尤其是生活用品，如掛簾、海報、月曆、盤碗餐具等。我所收藏的是一隻可放小物的淺方盤，是三十年前初訪倫敦大英博物館在附近商店購買的。由於在貓書的文獻中看過太多次，印象深刻，曾誤以爲是一張富有拜貓神話意味的圖畫，便當做埃及神貓來看待。

後來，查出作者史丹林其實是近代畫家，而且是畢卡索在藍色時期前深受影響的老師。史丹林愛貓，無論是速寫或油彩的貓畫，大多是抽象或意象的簡筆畫作，這一張卻表現得很具體，而且以人仰望的角度描繪貓與太陽同在的神氣。

無論畫面是否意有所指，在人類生活史上，從不缺少貓的直接參與。貓的神祕和獨特氣質也造就許多神話與傳說。古埃及人認爲貓是神聖的動物，他們甚至創造一個貓頭人身的女神貝斯特來守護居民。除了被神格化，普信來生的埃及人在貓死後也將之做成貓木乃伊，使牠們能跟人一樣有復活、重生的機會。

但在中世紀末期，歐洲人迷信貓代表邪惡與巫術，而全力予以撲殺，這是貓集體犧牲最慘烈的世代。之後，貓的地位因防疫功勞而恢

復身價，受到人類高規格的禮遇與尊重。

　　英國人覺得貓最尊貴，看到黑貓經過，還是好運當頭呢。美國中西部居民認為，黑貓在屋頂暫停是好運降臨，如停留太久就不妙了。法國人普遍愛貓，認為貓聰明有魔力，作家查理‧佩羅因以其創作的《穿靴子的貓》，成為享譽全世界的兒童文學經典。北歐地區卻有個傳說，睡著的人的靈魂會化身成動物到處漫遊，地位高的人會化身成熊或老鷹，地位低的人則成為老鼠或貓。

　　中國神話動物在競選十二生肖時，貓跑得最快，卻被老鼠欺騙而落榜，所以貓成了老鼠的天敵。台灣人認為「貓來富」，與日本的招財貓有異曲同工之妙。不過鄉下農村曾迷信「死貓吊樹頭、死狗放水流」，不然會作怪。

　　在日本，據說貓是中國皇帝所贈，因此代表福氣與招財，是吉祥動物的代表。一千多年前，忽然迷信貓尾有妖力，因此將之切除，以隔絕災害，傳說中的日本短尾貓就是這樣來的。相對於西方，東南亞地區的貓則待遇好多了，例如緬甸人認為白貓是善良的，泰國、印尼等地區寺廟皆養貓。船員更認為貓有預測風雨的本事，是智慧之神。

　　具有民俗特色的貓是不是要跑到當地才找得到？不見得，在網路時代的今天，只要到相關網站就可以輕易購買，不過身歷其境，趁著出國旅遊，不忘在當地仔細觀察，更能找到意想不到的稀有物。

相對於我收藏起始的年代，不過是半世紀光景，人、事、地、物已經大大不同，但從收藏的觀點，質量齊觀才是價值，如果準備以「民俗貓」為收藏的主題，出尋走訪仍是必備條件。最好還能佐以研究方向，一面蒐購珍品，一面做田野調查，這樣會更增加其成就感。畢竟，從收藏進而涉獵貓文化，將興趣知識化，提升自己的認知，才不枉費千里奔走的辛苦。

小乖的貓語錄

貓的說服力來自於絕不動搖的信心。

史丹林的貓畫作出現在各種生活雜貨上，這一張「黑貓」尤其經典。

聖貓抱子

 小乖的麻吉

國籍：美國
貓齡：27 歲
品種：木
尺寸：8×7×24 公分

超越審美價值的母愛
表現，讓人震撼不已。

每一次觀賞這件木雕貓收藏品時，免不了心情沉重、波動，就像第一次目睹它時所受到的震撼。一般貓偶的表現都以「審美」爲主，或取其貓優雅的體態、靈動的眼神、柔美的毛色、窩心的臉容……作爲設計標的，當然，也不乏有「審醜、審怪」或創意十足的「抽象」爲本。

　　但這隻貓很難歸類。它容貌憂傷，全身直挺僵硬，雙手懷抱著一隻貓嬰兒，使我第一個浮出的念頭竟然是「聖母抱耶穌」，也就是現存於聖彼得大教堂米開朗基羅的大理石「聖殤」雕像。我首次的歐洲行曾在此地徘徊多時，年輕的我被聖母臉容所散發的堅強、鎮定所震懾，身體木然而立，無法動彈，只感覺淚水流過臉頰的炙熱。

　　「聖殤」又名聖母慟子像，描繪聖母抱著剛從十字架卸下的耶穌遺體，藉以表現耶穌的犧牲與聖母的悲痛。這件雕像是米開朗基羅接受法國主教的委託，完成於一四九九年，當時他才二十五歲。大家看到冷硬質地的大理石，卻如同柔軟有垂墜感的布料，聖母寬大的袍子包覆著耶穌，周邊出現繁複、凌亂的衣褶，但躺在聖母懷抱的耶穌，反而如同熟睡、安眠的孩子，可見其支撐的力量多麼穩定與恢宏。

　　無論你是不是教徒、熟讀聖經與否，只要看見這一幕，無不被作者的藝術境界激起沸騰的心。這件雕像終於奠定了米開朗基羅大師的地位，也是他唯一有留下簽名的作品。

以繪畫或雕塑來表現聖殤故事的作品有許多不同版本，但仍以米開朗基羅的這件雕像最為經典。晚年他再度製作第二件「聖殤」（又名「翡冷翠聖殤」），陳列於佛羅倫斯聖母百花教堂的博物館，儘管有人認為作品並未完成，卻依然令觀者讚歎不已。

回頭來看這木頭雕刻的貓，已經超越了審美的價值，它在述說的是「貓的本色」，一個令人無限想像的故事。這嬰兒貓眼睛未闔，露出腹部，順服地躺在母貓雙臂裡，究竟是一隻頑皮作怪的乳貓，還是一具夭折的屍體？無論如何，從母貓一臉「無語問蒼天」的哀痛神色，創作者的意圖已經昭然若揭。

在生命的國度，母愛永遠是力量的泉源，這「聖貓抱子」的收藏品多麼讓人類沉思與悲憫。

小乖的貓語錄

貓具備了清潔、謹慎、情愛、耐心、尊嚴與無懼的品格，完美得接近神性。

眼睛未闔、腹部露出的嬰兒貓，順服地躺在母貓雙臂裡。

洞悉世事的雙眼

貓眼不僅閃爍著攝魂亮光，
還有一眼看穿人心的超能力。

 小乖的麻吉

國籍：美國
貓齡：25 歲
品種：木
尺寸：14×6×10 公分

貓的眼睛，可因品種大略分為藍色、綠色、金黃色、古銅色、淡褐色以及異色，它們隨光線折射會產生漸層的顏色，瞳孔也因光的強弱從圓形瞬間變成梭形，甚至成一條線。這些變化都在貓身處不同的環境中，顯現「貓眼」比之天然寶石或人類光學有更加璀璨的一面。

　　但繪畫中的貓，或各種貓逸品，無法描述如此細膩的千變萬化，它們的處理往往把貓眼當「鳳眼」刻劃，以誇張其特殊性。貓的眼睛形狀其實是圓的居多，近乎「蛋形」或「杏仁形」，因為臉型與毛色的互異，以致從人類觀點，對虛幻難測的貓眼格外易產生魔幻、鬼魅之謎，而遁入異次元的想像空間。

　　虎斑貓的額頭大多有 M 字，眼圈上濃黑的眼線則延續到耳際，想來埃及豔后的妝扮就是以貓為摹仿對象。貓鼻子的寬窄影響到貓眼的間距，這也使貓眼出現「上揚」角度的多寡。過去做台灣貓隻的田野調查時，我曾以五百份問卷所收集的貓照片剪貼在壁報上，再一一比對眼睛的形狀。當然，像京劇青衣的「鳳眼」扮相，那只是貓神話。

　　如果參照世界貓咪圖鑑，有「中型臉短毛貓」的曼基康貓最符合吊眼梢的樣貌，但仍只是「核桃形」等級。還不如圖中有如京劇旦角描繪的「鳳眼」呢。然而，無論貓眼形狀如何，當它炯炯發光時，恰似在對人類說著：我一眼看穿，我洞悉世事。

小乖的貓語錄

即使闔上眼簾，貓一樣可以洞悉世界。

神祕
鐵面貓

「鐵面貓」是紀念十七世紀作家大仲馬的周邊作品，有一點沉重，有一點莞爾。

 小乖的麻吉

國籍：美國
貓齡：20 歲
品種：金屬
尺寸：35×12×26 公分

一九八八年，美國作家藍道爾・華萊士所編劇與導演的《鐵面人》上映，我有幸負責編輯電影書的中文版，這部電影至今由不同編劇與導演拍過達十二次之多，可見在西方影藝界受到重視的程度。有一位旅居巴黎的朋友得知我參與這部大製作的周邊產品，特別空運一隻貓慶賀。我打開快遞郵包，不由自主地驚呼：「鐵面貓」。

　　「鐵面貓」，形姿溫文儒雅，眼神溫柔慈愛，尤其尾巴伏貼著背脊蜿蜒屈捲，形成此貓的「焦點」。它並非雕塑品，而是使用生鐵片塑成造型，前後兩片黏合而成。中空的貓體，處處可見剪裁慧心，軀體上甚至設計以鏤空的橫紋來描摹虎斑，如果夜裡點上蠟燭，這些空洞的斑紋便隱約透出如波浪顫動的微光，產生一種夢幻的情境，讓人陶醉不已。

　　所以，「鐵面貓」並沒有《鐵面人》故事的暴力與悲情。朋友說，這部《鐵面人》（一九八八年版）的編劇主要根源於大仲馬《三劍客》系列三部曲的最後一篇〈布拉熱洛納子爵〉，法國的「大仲馬粉絲」因而發動各種紀念作家的活動來慶祝，相關的周邊產品因應而出。各領域的藝術家更不遑多讓，紛紛推出千其百怪的創作，連「貓」也要共襄盛舉。

　　雖然《鐵面人》在台灣上映時也破了票房紀錄，那應該歸功於大卡司、尤其飾演路易十四的男主角李奧納多・狄卡皮歐，當時他因《鐵

達尼號》聲勢如日中天，再加上大陣仗的媒體宣傳所致。儘管台北的連鎖書店也配合大仲馬原著上架，但並沒有掀起閱讀小說的熱潮。所幸電影書托大明星之福，倒是暢銷了不少。

沒有缺席盛會的「鐵面貓」，身披十七世紀的勇士優雅，承襲了大仲馬為三劍客塑造的不朽形象。神祕的假面造就「鐵面人」的歷史懸案，「鐵面貓」卻偏頭行禮示意，一如鋼鐵玫瑰的羞澀與頑皮，表現了貓無法解讀的神祕。

小乖的貓語錄

與貓互相凝視，感受到尊榮與威望合一的能量。🐾

跟著小乖觀察喵星人

我有一雙藍色杏眼，這為我贏得了「睿智之眼」的封號，也沒錯啦，我的確是有智慧的長者啊。其實我們貓咪的眼睛顏色因品種不同還有綠色、金黃色、古銅色、淡褐色、異色，形狀也有圓形和蛋形。你家貓咪的眼睛是什麼顏色呢？形狀圓如彈珠還是細長如鳳眼？請畫下或拍下牠讓你著迷的眼神吧。

我家喵星人眼睛觀察記錄
・ 眼睛是 _____ 色。
・ 形狀像 _____ 。
・ 最讓人難忘的眼神圖畫或照片：

畫圖或照片

貓 派

美學、療癒、哲理的貓物收藏誌

作者 / 心岱

執行編輯 / 陳懿文

編輯協力 / 林孜懃

美術設計 / 羅心梅

封面攝影 / 盧紀君

內頁攝影 / 盧紀君、李初工作室

行銷企劃 / 鍾曼靈 、盧珮如

出版一部總編輯暨總監 / 王明雪

發行人 / 王榮文

出版發行 / 遠流出版事業股份有限公司

地址：台北市南昌路 2 段 81 號 6 樓

郵撥：0189456-1

電話：(02) 2392-6899　傳真：(02) 2392-6658

著作權顧問 / 蕭雄淋律師

2017 年 4 月 1 日 初版一刷

定價 / 新台幣 280 元（缺頁或破損的書，請寄回更換）

YLib.com 遠流博識網

http://www.ylib.com　　E-mail:ylib@ylib.com

國家圖書館出版品預行編目 (CIP) 資料

貓派：美學、療癒、哲理的貓物收藏誌 /
心岱著 . -- 初版 . -- 臺北市：遠流 , 2017.04
　　面；　公分
　　ISBN 978-957-32-7970-9（平裝）

855　　　　　　　　　　　　106003377